光文社文庫

文庫書下ろし／長編時代小説

仇討ち

隠密船頭（十二）

稲葉　稔

光　文　社

この作品は光文社文庫のために書下ろされました。

『仇討ち』

目次

小石川
白山
伝通院
神明宮
中山道
駒込
水戸徳川家
春日町
水道橋
千駄木
駒込追分
加賀前田家
本郷
道灌山
日暮里
霊雲寺
湯島天神
神田大明神
池之端仲町
不忍池
弁天
神下
根岸
谷中
東叡山寛永寺
下谷広小路
神田
下谷金杉町
御徒町
三味線堀
広徳寺
幡随院
下谷竜泉寺町
甚内橋
元鳥越町
鳥越川
千住大橋
阿部川町
新吉原
日本堤
新堀川
御蔵前片町代地
東本願寺
御蔵前通り
御蔵前
御米蔵
浅草寺
小塚原
田原町
西仲町
浅草広小路
浅草奥山
山谷町
新鳥越町
新鳥越橋
駒形町
材木町
並木町
雷門
花川戸町
日光道中
山谷堀
御厩河岸之渡し
石原橋
浅草駒形堂
竹町之渡し
吾妻橋
今戸橋
今戸町
浅草橋場町
揚場
白鬚之渡し
中之郷竹町
中之郷瓦町
源森川
竹屋之渡し
三囲稲荷
長命寺
向島墨堤
木母寺
隅田村
小梅村
須崎村
寺島村
北割下水
業平橋
小梅村
押上村
亀戸天神

麹町
番町
千鳥ヶ淵
半蔵御門
田安御門
虎之御門
西之御丸
新シ橋
外桜田御門
雉子橋御門
江戸城
和田倉御門
一橋御門
南町奉行所
幸橋
土橋
北町奉行所
鍛冶橋御門
汐留橋
数寄屋橋御門
呉服橋御門
常盤橋御門
神田橋御門
竜閑橋
昌平橋
三十間堀
京橋
数寄屋町
鍛冶町
西本願寺
日本橋
和泉橋
楓川
魚河岸
内神田
佐久間河岸
八丁堀
弾正橋
海賊橋
荒布橋
中之橋
大伝馬町
小伝馬町
神田川
八丁堀組屋敷
江戸橋
通油町
亀井町
柳原土手
中之橋
亀島橋
南茅場町
日本橋川
小網町
馬喰町
左衛門河岸
伝次郎の自宅
霊岸橋
横山町
浅草橋
稲荷橋
川口町
亀島川
両国西広小路
一ノ橋
新川
行徳河岸
北新堀町
箱崎町
崩橋
浜町堀
佃島
霊岸島
二ノ橋
箱崎川
薬研堀
柳橋
永久橋
両国橋
石川島
永代橋
下之橋
大川端
一ツ目之橋
尾上町
藤代町
大川
熊井町
佐賀町
今川町
上之橋
万年橋
新大橋
御船蔵
南本所元町
駒留橋
横網町
深川中島町
千鳥橋
大日横町
弁天
相生町
回向院
御竹蔵
油堀
材木町
万年町
海辺大工町
六間堀
北之橋
六間堀町
松井町
亀沢町
越中島
亥ノ口橋
富岡橋
海辺橋
高橋
猿子橋
中ノ橋
弥勒寺橋
山城橋
竹河岸
二ツ目之橋
永代寺
深川
小名木川
緑町
蓬莱橋
冬木町
仙台堀
深川元町
五間堀
本所
南割下水
富岡八幡宮
霊巌寺
竪川
亀久橋
雲光院
洲崎
木場
三ツ目之橋
北辻橋
大横川
扇橋
猿江橋
南辻橋
新辻橋
長崎橋
亀戸村
西
北
東
南
四ツ目之橋
猿江町
御材木蔵
0
1km
横十間川

『仇討ち　隠密船頭（十二）』おもな登場人物

沢村伝次郎　……南町奉行所の元定町廻り同心。一時、同心をやめ、生計のために船頭となっていたが、南町奉行の筒井伊賀守政憲に呼ばれて内与力格に抜擢され、奉行の「隠密」として命を受けている。

千草　……………伝次郎の妻。

与茂七　…………町方となった伝次郎の下働きをしている小者。

粂吉　……………伝次郎が手先に使っている小者。元は先輩同心・酒井彦九郎の小者だった。

筒井政憲　………南町奉行。名奉行と呼ばれる。船頭となっていた伝次郎に声をかけ、「隠密」として探索などを命じている。

仇討ち　隠密船頭（十二）

第一章　憂慮

＊

その年の春、三月十四日のことだった。

江戸の霊岸島新川《れいがんじましんかわ》は下《くだ》り酒《さけ》の一大集散地で、多くの酒問屋《さけどいや》が軒《のき》を列《つら》ねている。江戸において幕府公認の下り酒問屋は、三十八軒に限定されているが、新川にはそのうちの十六軒が集まっている。

江戸に出まわっている酒の約九割がこの下り酒である。そのために、株を持っている酒問屋仲間は、定期的に寄合《よりあい》を開き、諸種《しよしゆ》の申し合わせや仲間の規約決めなどを行っている。

その日の寄合は会所《かいしょ》にて行われたが、例によって鬱陶《うっとう》しい議論が長引き、約半日を要した。いつもの通りであるが、寄合が終わると、小網町《こあみちょう》の料理屋に場所を変えて些細《ささい》な宴《うたげ》が催された。宴会は寄合と違って和《なご》やかに行われ、五つ（午後八時）にお開きとなった。

各問屋の主《あるじ》たちはほろ酔いで座敷をあとにしたのだが、廊下に出たところで、昨年の暮れに行司役《ぎょうじやく》に就いたばかりの松村《まつむら》屋徳兵衛《とくべえ》が、前を歩いていた肝煎《きもい》りの矢野屋弥兵衛《やのややへえ》を呼び止めた。

弥兵衛が振り返ったのと同時だった。

「矢野屋さん、甚《はなは》だ勘弁《かんべん》ならん！」

徳兵衛はそう叫ぶなり、懐《ふところ》に呑《の》んでいた短刀で弥兵衛に斬りつけた。

「あっ……」

弥兵衛は額《ひたい》を切られてよろけた。さらに肩口を斬りつけられたので、その場に倒れた。

廊下には血飛沫《しぶき》が飛び、女中の悲鳴と同業者たちの驚きの声があがった。

だが、刃傷《にんじょう》に及んだ徳兵衛を近くにいた者が押さえ、また弥兵衛は他の者たちによって近くの座敷に連れ込まれたので一難は去った。

矢野屋弥兵衛は浅傷《あさで》で命に関わることはなかったが、自身番《じしんばん》に連れ込まれた松村屋徳兵衛は駆けつけてきた南町奉行所の同心《どうしん》の詮議《せんぎ》を受け、その後、牢屋敷に送られ、半月もたたぬうちに裁きを申しわたされた。

中追放《ちゅうついほう》――。

家屋敷お取りあげのうえ、江戸十里《じゅうり》四方への出入りを禁ずるというものである。

これに合わせて、徳兵衛は所属していた下り酒問屋仲間から排除され、徳兵衛の店・松村屋は潰《つい》えた。

一

南町奉行所の薄暗い用部屋《ようべや》にて、沢村伝次郎《さわむらでんじろう》は奉行の筒井政憲《つついまさのり》と向かい合っていた。

「けだし、わたしの裁きには落ち度があったのやもしれぬ」

ひととおりの話を終えた筒井は静かにつぶやき、小さくかぶりを振った。

「されどお奉行、一度裁きを下した以上、取り下げることはできぬのではありませぬか」

伝次郎は筒井の顔を凝視《ぎようし》した。苦悩の色を浮かべる筒井の老顔が、薄闇のなかでさらに老けて見えた。

「いかにもさよう」

筒井は膝許《ひざもと》に落とした視線をあげて伝次郎をまっすぐ見た。気を取り直したのか、凛々《りり》しい顔つきになっている。

伝次郎はつぎの言葉を待った。表から鵯《ひよどり》の声が聞こえてくる。奥の障子には先刻まで薄い日の光があたっていたが、いまはその日が翳《かげ》り、静謐《せいひつ》な用部屋がさらに物寂しくなっていた。

「さりとて、このまま捨て置けることでもない。おのれ自身の了見《りようけん》が許さぬのだ。裁きは正しかったかもしれぬが、誤っていたかもしれぬ。それゆえ、これ以上の過《あやま》ちはあってはならぬ。沢村……」

「ははっ」

「少し探りを入れてくれるか。このようなことはそなた以外には頼めぬことだ。やってくれるか」

「お奉行のお下知《げち》とあらば……」

伝次郎は引き受けたというように頭を下げた。

「よしなに頼む」

そう言った筒井は静かに立ちあがると、衣擦《きぬず》れの音を立てて用部屋を出て行った。

伝次郎は廊下側の障子が閉められる音を聞いて顔をあげた。

（まるで忠臣蔵《ちゅうしんぐら》ではないか……）

胸中でつぶやいた伝次郎はゆっくり立ちあがり、用部屋を退出した。

表には夕靄《ゆうもや》が漂いはじめており、沈み込んだ日の光が西の空を燃えるように赤く染めていた。

奉行所を出た伝次郎は、筒井から聞いたことを頭のなかで反芻《はんすう》した。

矢野屋弥兵衛を斬りつけた松村屋徳兵衛は、店をなくし江戸払いをされたあとで自害している。

松村屋は主の徳兵衛が不祥事を起こしたことで潰《つぶ》れてしまったが、倅《せがれ》の勘次郎《かんじろう》は小さな元手《もとで》を頼りに、品川《しながわ》で細々と瀬戸物《せともの》屋を営んでいる。

むろん、松村屋にいた奉公人たちも散り散りになり、その後のことはわかっていないが、松村屋はひそかに矢野屋への敵討《かたきう》ちを画策《かくさく》しているという。

「たしかなことではないが、さような噂《うわさ》が耳に届いたのだ。万が一ということもある」

筒井が気にかけるのは、松村屋の復讐《ふくしゅう》である。

普段から市井《しせい》に通じている筒井は、私曲《しきょく》のない人柄で人望も厚い。接する庶民からも敬愛される人物であるからこそ、気になる噂を耳にして危惧《きぐ》しているのだ。

筒井がその噂を聞いたのは、小網町の料理屋だった。聞くつもりはなかったが、隣で酒と料理を楽しんでいたどこぞの商人が、

「松村屋はこのまま引っ込んではいないでしょう。いずれ、矢野屋に一矢《いっし》を報《むく》いると思いますよ」

そう言えば、もうひとりの商人らしき連れも、

「あっておかしくはないでしょう。仮にわたしが松村屋さんだったら、黙ってはいませんよ。身内の者にしてみれば、手足をもがれたようなものですからね。どっちが悪いよいということではないと思うのです」

そんなことを口にした。

筒井が聞き流さなかったのは、松村屋と矢野屋という名が出たからだった。奇《く》しくも自分が裁きをした一件に関わることである。

その場で、話をしていた二人に問うてもよかったのだが、筒井は胸のうちに秘めてその夜は奉行所の役宅に戻った。いよいよ気になりだしたのは床に就いてからであった。

どうにも寝つきがよくないし、あくる朝の寝起きも悪い。そこで伝次郎に声をかけて探ってくれと命じたのである。

伝次郎は家路を辿《たど》りながら、筒井から聞いたことをおさらいしていた。

いずれにせよ、探りを入れなければならないが、さてどこからはじめるかと、伝次郎は歩きながら考えた。

はたと気づけば、いつの間にやら本八丁堀《ほんはっちょうぼり》五丁目の外れ、高橋《たかはし》のそばまで来ていた。伝次郎の目は自《おの》ずと一軒の店に向けられる。

「桜川《さくらがわ》」と書かれた掛行灯《かけあんどん》にあかりが入っていて、店の前と暖簾《のれん》をあわく照らしていた。内縁の妻・千草《ちぐさ》の店だ。

伝次郎は数瞬、躊躇《ためら》った。川口町《かわぐちちょう》にある自宅屋敷に帰り、居候《いそうろう》の与茂七《よもしち》と晩酌をしながら、明日からの調べ物の相談をしてもよい。

しかし、暖簾越しに店をのぞくと客の姿がない。

「なんだ暇そうではないか……」

暖簾を撥《は》ねあげ、戸を引き開けて店に入ると、奥の板場から千草が出てきた。

「あら、どうされましたの？　御番所《ごばんしょ》のご用はもうおすみで……」

千草は口の端に笑みを浮かべて聞いてきた。

「急な呼び出しだったのでなんであろうかと思っていたが、久しぶりにお奉行の長話となった」

「それじゃ、お奉行様は暇を持て余されていたのかしら」

「さようなことではない。一本つけてもらうか。まさか、おれが口開《くちあ》けか？」

「そうなんですよ。今日は暇そうだから、さっさと早じまいをする日かと考えていたんですよ。身内でも来てもらったほうが嬉《うれ》しいわ」

板場に入った千草は動きながら返事をする。

「与茂七は家にいるかな？」

「いるはずですよ。きっとあなたの帰りを待っているはずです」

「それじゃ飯を食わせなければならぬな」

伝次郎はそう言うと、座っていた幅広縁台から立ちあがり表に出て、近くの店の小僧を見つけ、心付けをわたして与茂七を呼びにやらせた。それからまた別の者を見つけると、粂吉《くめきち》も呼ぶ段取りをつけて店に戻った。

「与茂七と粂吉がほどなくやってくるはずだ。あの者たちの肴《さかな》も作っておいてくれ」

「はいはい。なんだか身内の夜になりそうですわね」

千草が酌をしてくれる。伝次郎は笑みを浮かべる千草を眺めた。三十路《みそじ》を過ぎて薹《とう》は立ってきたが、若い頃の色気はまだ十分残っている。涼しい目鼻立ちもさることながら容色《ようしょく》の衰えもない。

「いかがなさいました」

視線に気づいたらしく千草が怪訝《けげん》な顔を向けてきた。

「二人だけで飲むことが少なくなったと思ったのだ」

「そうですね。でも、あなたのお務めが忙しいからしかたありませんわ。わたしもこうやって店をやらせていただいていますし……」

千草はひょいと首をすくめる。

「もし、客が来なかったら仕事の話をしてもかまわぬか？　客が来たら遠慮するが……」

「もちろん。わたしに遠慮なんかいらないではありませんか。でも、ほんと暇だわ」

千草はそう言ってから表をのぞき、それから伝次郎の隣に腰を下ろした。

「わたしもちょっとだけいただきます」

そう言って猪口《ちょこ》を差し出す。伝次郎は酌をしてやった。

「また大変なお仕事をお受けになったのかしら」

「まあ、どうであろうか」

伝次郎は詳しい仕事の話を千草にはしない。しないが、千草は大方《おおかた》察しをつけてしまうのが常《つね》だ。それも、おしゃべりの与茂七がいるからだった。

千草が煮魚と煮物を出したとき、がらりと戸が開き、与茂七があらわれた。

「旦那が遅いんで勝手に酒を飲んじまおうかと思っていたところでした。呼ばれて幸いです。おかみさん、なんだか暇そうじゃないですか」

「こういう日もあるのよ。あんた飲むんでしょ」

「野暮《やぼ》なことを言わなくったって。わかっているくせに……」

与茂七が千草に言葉を返すと、

「さあ、やれ」

と、伝次郎は酌をしてやった。

与茂七は嬉しそうにほくほく顔で酌を受ける。

そこへまた戸が開き、粂吉がやってきた。

「あれ、粂さんも……」

与茂七が剽《ひょう》げた顔を粂吉に向けた。

「ほんとうに今夜は身内だけになるかも……」

千草が板場でつぶやいた。

二

ある程度酒を飲んだところで、伝次郎は筒井から相談を受けた内容を話した。新たな客が入ってこないのでかまわないと思ってのことだ。

「お奉行は、そんな話をどこでお聞きになったんで……」

与茂七が衣《きぬ》かつぎを手にしたまま伝次郎を見た。

「お奉行はお忍びでときどき町にお出かけになる。その折に噂を聞かれたのだ。もっとも、ことの真偽はわからぬが、用心のためにおれに調べをまかされた。さりながら松村屋徳兵衛の身内のことを考えると、なきにしもあらずだ」

「それで徳兵衛はどうなったのです？　裁きを受けたあとのことですが……」

条吉が顔を向けてきた。

「自害したらしい」

「…………」

条吉はぽかんと口を開けた。

「すると、その噂がほんとうなら、残された身内が敵討ちを企《たくら》んでいるってことになりますが、そうなると徳兵衛の倅あたりでしょうか？」

「徳兵衛には勘次郎という倅がいるらしい。いまは品川で瀬戸物屋を営んでいるという。屋号も同じ松村屋だ」

「それにしても、なんでまたその徳兵衛は矢野屋に斬りつけたりなんかしたんでしょうね」

与茂七は衣かつぎをぽいと口のなかへ放り込んだ。

「そこがわからぬのだ。お白洲《しらす》でも、吟味《ぎんみ》にあたった同心にも、遺恨《いこん》ありと言っただけで申し開きはしておらぬ」

「すると、罪を被《かぶ》ることを覚悟のうえで、矢野屋を襲ったということになりますね」

条吉が猪口を口の前で止めて言う。

「そうなる。得物《えもの》の短刀を前以《まえもっ》て用意していたぐらいだから、肚《はら》をくってのことだったはずだ」

「でも、松村屋さんは奉公人や身内のことはお考えにならなかったのかしら。そんなことをすればどうなるか、わかっていたはずでしょうに……」

千草が話に入ってきた。

「考えていたのかもしれぬが、よほどのことがあり、おのれを抑えきれなくなったのかもしれぬ」

「短刀は用意していたけど、それは使うつもりはなかった。万が一のために持っていただけだった。だけど、使うことになっちまった。てことは、その宴会の席でなにかあったんじゃないでしょうか」

そう言う与茂七は腕を組んでうなった。

「襲われた矢野屋はどうなっているんです?」

条吉だった。

「変わらずに商売をつづけているようだ」

「もし、もしもですよ。旦那がその松村屋徳兵衛だったらどうします?」

与茂七が疑問をぶつけてきた。

伝次郎はぐい呑みの酒を嘗《な》めるように飲んでから答えた。

「おのれに非がなければ、矢野屋を恨《うら》むだろうが、敵討ちまで考えるかどうかはわからぬ。いずれにせよ、松村屋徳兵衛の胸のうちに抑えきれぬものがあったのはたしかだろう」

「商売人の敵討ちってどういうものなんでしょう？　店に火をつけるとか、主の弥兵衛を襲って殺すとか、そんなことでしょうか……」

条吉が片頬をさすりながらつぶやく。

「ともあれ、徳兵衛は多くを語っておらぬ。いや、ほとんど話していないようだ。襲われた弥兵衛も、なにゆえ自分が斬りつけられたのかわからぬと言ったらしい」

「松村屋と矢野屋の奉公人や身内も詮議されているのですね」

条吉である。

「当然、調べは行われている」

「でしたら松村屋徳兵衛が矢野屋を襲ったわけは、わかっているのでは……」

「それが双方わからぬらしい。つまるところ、真相は襲った徳兵衛の胸のうちに隠されているということになる」

「だけど、その徳兵衛は自害してこの世にはいないのですね」

今夜にかぎって与茂七は酔いのまわりが遅いようだ。いつになく真剣な眼差《まなざ》しを伝次郎に向ける。

「そうなると旦那、調べでは矢野屋はもちろんのこと、宴席にいた問屋仲間からも話を聞かなければなりませんね。そして、品川の松村屋からも……」

粂吉はそう言って酒を嘗めるように飲む。

「粂さん、松村屋がほんとに敵討ちを考えているなら、下手な詮索《せんさく》はできませんよ」

「たしかにそうであろう。ともあれ、ここであれこれ推量しても詮無《せんな》い。明日のことを決めよう。二人とも、動いてくれるな」

伝次郎は二人を見た。

「もちろんでございます」

粂吉が殊勝《しゅしょう》に答えれば、

「合点承知《がってんしょうち》の助《すけ》」

と、与茂七がおどけて腕をまくった。

伝次郎は与茂七に品川の松村屋を探らせることにし、粂吉には酒問屋仲間から事件当日とその前のことを調べさせることにした。

「おれは松村屋と矢野屋を調べた同心から話を聞く。それが終わったら、粂吉と落ち合おう」

伝次郎はそれでよいなと二人の手下を見た。二人とも強くうなずいた。

三

翌朝早く、伝次郎は町奉行所に足を運び、例の一件を調べた同心に会った。

松村屋と矢野屋の調べにあたっていたのは、定町廻《じょうまちまわ》り同心の加納半兵衛《かのうはんべえ》だった。

「松村屋の……」

半兵衛はつぶやきを漏らし、削《そ》げた頰を撫《な》でて視線を伝次郎に戻した。二人は同心詰所《つめしょ》の片隅で向かい合っていた。

「なにゆえ、そのことを？」

「気になることがあるのだ。事は三月に起きているので、はっきりと覚えてはおらぬだろうが、知っていることを教えてもらいたい」

半兵衛は湯呑みに手を伸ばし、もったいをつけたように茶をすすった。

以前、半兵衛は〝出戻り〟の伝次郎に反感を持っていたようだが、いまはその頃の険《けん》は取れている。

「松村屋徳兵衛のことはよく覚えています。頑固な親爺《おやじ》でしたよ。なにゆえ、矢野屋に斬りつけたかと問うても、遺恨があったからの一点張りです。どんな恨みがあったと聞いても、そんなことは他人に言うことではないと、商人にしては妙に肚の据《す》わっている男でした。お白洲にも立ち会いましたが、お奉行に同じことを聞かれても、遺恨あるのみで他《ほか》にはないと、さように言上《ごんじょう》します。言《い》い条《じょう》もしませんので、お奉行もさすがに業《ごう》を煮やしておられました。中追放でしたが、それは矢野屋の傷がさほどひどくなかったからです。もし矢野屋が死んでいれば、死罪は免《まぬか》れなかったでしょうが……」

「矢野屋からも話は聞いておるだろう」

「むろん、聞いています。矢野屋は恨まれる筋合いはないし、その心あたりもないと。つまるところ、松村屋が勝手に矢野屋を恨んでいたということです。その恨みがなんであったかは、裁きが下されてもわからずじまいです」

「徳兵衛は松村屋の主だった。矢野屋に遺恨があることを、身内に漏らしていたとしても不思議はないが、それはどうだ？」

「徳兵衛の女房も倅の……何と言ったかな……たしか勘次郎という倅も徳兵衛の愚《ぐ》痴《ち》は聞いていなかったはずです。番頭然《しか》り」

「つまり、徳兵衛は矢野屋弥兵衛への恨みを胸の内にしまったまま刑に服した。さようなことか……」

伝次郎は「ふむ」と、うなりながら茶に口をつけた。

「沢村さん、いったい何を調べているのです？　お奉行からのお指図があってのことだとは思いますが……」

半兵衛が細く吊りあがった目を向けてくる。

「お奉行が妙な噂を耳にされた。松村屋に関わることだ。悪いが、それ以上は言えぬ。いや、手間を取らせた」

伝次郎が腰をあげようとすると、半兵衛が声をかけてきた。

「沢村さん、お役に立てることがあれば、遠慮なく申しつけてください」

「うむ」

伝次郎はそのまま詰所を出た。あやつも変わったと内心で思った。

そのまま例繰方《れいくりかた》の詰所を訪ね、松村屋徳兵衛の判決録を見せてもらった。例繰方は判例の整理保管の他に判決録を保存している。

松村屋徳兵衛の判決録は極端に短かった。

——遺恨あっての所業《しょぎょう》。

遺恨の仔細《しさい》不明。

むろん、他にも書かれてはいるが、目を留めたのはその二行のみだ。

つまり、徳兵衛は遺恨の仔細を誰にも語らずに、裁きを受け、そして自害した。

どんな遺恨があったか、それは謎のままだ。

「沢村さん」

奉行所の表門を出たすぐのところで声をかけられた。振り返ると、さっき会ったばかりの加納半兵衛が足早に近づいてきた。

「思い出したことがあります」

「…………」

「徳兵衛はだんまりを決め込むことが多かったのですが、矢野屋弥兵衛は歳《とし》だから、額の傷は軽くてもそれがもとで死んだら、きさまの刑は軽くはすまぬと言ったときのことです。やつはこう言いました、死ねばよいのですと。そして、含み笑いをしました」

「すると松村屋徳兵衛には殺意はあったのだな」

「そう考えるしかありません。得物の短刀も前以て用意していたぐらいですから……」

「それでも中追放ですんだ」

「お奉行のお慈悲だったのでしょう」

「他に思い出したことはないか？」

「それぐらいです」

「いや、恩に着る」

伝次郎は礼を言って半兵衛と別れた。

考えてみれば不可解なことだ。

松村屋徳兵衛は矢野屋弥兵衛を殺したいほど憎んでいた。強い怨恨《えんこん》があったと考えるべきだ。

それなのに、矢野屋への恨み言を誰にも漏らしていない。

(まことであろうか……)

伝次郎は鳶《とび》の舞う青空を仰ぎ見て足を速めた。

四

新川は、霊岸島町《れいがんじまちょう》一丁目から大川《おおかわ》に合流する運河である。その間に一ノ橋《いちのはし》、二ノ橋、三ノ橋が架かっている。

下り酒問屋が軒を列ねるのは、新川の両岸、霊岸島四日市町《よっかいちまち》と霊岸島銀町《しろがねちょう》だ。河岸《かし》地には蔵が建ち並び、舟着場には沖から酒樽《さかだる》を運んでくる艀舟《はしけ》がつけられている。

粂吉は四日市町にある千倉《ちくら》屋と近江《おうみ》屋を訪ねて表に出てきたところだった。ふう、と小さくため息をつき、訪ねたばかりの近江屋の屋根看板を眺めた。

朝はどの店も忙しく、話を聞くどころではなかった。帳場に座っている番頭に声をかけ、松村屋のことで聞きたいことがあると言っても、忙しいのであとにしてくれとやんわり断られた。

商売の話ならそうではないだろうが、松村屋を詮索する話となれば後まわしにされてもしかたないだろう。

粂吉は伝次郎の手先仕事をしている小者《こもの》だということは伏せていた。もし、身を明かせば相手に警戒心を与え、聞きたいことも聞けないと判断してのことだ。

もっとも粂吉は凡庸《ぼんよう》な顔でとくに目立つこともなく、傍《はた》から見ればその辺の使いっ走りか、行商人、あるいは職人ぐらいにしか見られない。身なりも着流しを端折《はしょ》った股引《ももひき》に半纏《はんてん》だ。

(何か知恵を使うしかねえか……)

胸のうちでぼやきながら河岸道を歩く。

松村屋はなくなっているが、いまは新たに造作《ぞうさく》がなされ、店は二つに分けられていた。

一軒は素麺《そうめん》問屋、もう一軒は瀬戸物問屋になっている。

瀬戸物問屋のほうは山本《やまもと》屋という屋号だが、矢野屋の息がかりだというのがわかっていた。なんでも矢野屋弥兵衛の親戚筋ということだ。

どこの酒問屋も河岸《かし》地に運ばれてきた樽物《たるもの》を、蔵に入れたり店のなかに運んだりしている。その作業をしているのは問屋の奉公人がほとんどだが、河岸人足も手伝っているようだ。

粂吉は二ノ橋をわたり銀町に入ると、最初に目についた鴻池屋《こうのいけ》を訪ねた。主人は七兵衛《しちべえ》という名だ。その辺はしっかり調べ済みである。

「ちょいと伺《うかが》いますが、こちらのご主人はいらっしゃいますでしょうか？　あっしは粂吉と申しまして、あちこちで話を聞いて筋書《すじが》きを書いている者なんですが……」

この辺は言葉の綾《あや》である。

「芝居書きかい……？」

帳場に座っている番頭はものめずらしそうな顔を向けてきた。相手が勝手に解釈するのはかまわないので、

「ちょいと今年の三月でしたか、問屋仲間の宴席で刃傷があったと耳にいたしましてね、そのことを知りたいんでございます」

粂吉は嫌味《いやみ》のない笑みを浮かべる。

「ああ、松村屋さんが矢野屋さんに斬りつけたことですな」

「へえ、そのことです。こちらのご主人はそのとき近くにいらっしゃったのではありませんか」

「うちの旦那様はたしかにそばにいたようだけど、話してくれるかな。あ、与助《よすけ》、その荷物は奥に運んでおいておくれ」

番頭は若い使用人に声をかけて粂吉に顔を戻した。

「いまは忙しいからあとにしてもらいたいけど、旦那様は話し相手になってくださるかもしれない。ちょいとお待ち……」

番頭はそのまま奥に消えた。

粂吉は店のなかを眺める。土間には酒樽が所狭しと置かれている。樽木《たるき》のほんのりした香りに酒の匂いが混じっていた。

「旦那様が奥に来てくれとおっしゃった。そこの土間先からあがって奥の座敷に行っておくれ。わからなかったら女中に訊《たず》ねるといいよ」

しめしめうまくいったと思って、粂吉は鴻池屋の主と対面することができた。

「なんだい芝居の筋書きを書いているのかね」

条吉を見るなり主の七兵衛が声をかけてきた。還暦は過ぎているであろうが、白髪《しらが》頭はともかく血色のよい顔にしわは少ない。

「まあ、芝居というほどのことではありませんが。へえ、条吉と申します」

適当に言って、条吉は恥ずかしそうな笑みを浮かべる。

「松村屋さんが刃傷を起こしたときのことを聞きたいらしいね」

「忙しいところを申しわけありませんが、是非にもお聞かせいただければと思います」

「わたしは見てのとおり暇を潰すのが日課だ。半分隠居《いんきょ》の身で、店の仕切りは倅にまかせている。楽《らく》隠居と言ったところだよ。まあ、お楽になさいな」

座布団に座っている七兵衛の傍らには、『鎮西八郎為朝外伝《ちんぜいはちろうためともがいでん》　椿説弓張月《ちんせつゆみはりづき》』という本が置かれていた。

大きな湯呑みに口をつけた七兵衛は、にこにこした顔でつづける。

「で、あの刃傷のことだがね。そりゃ驚いたよ。わたしの前を歩いていた松村屋さんがいきなり矢野屋さんを呼び止めたと思ったら、懐から短刀を出していきなり斬りつけたのだからね。矢野屋さんは額を斬られて、その血飛沫が脇の障子を染めたと思ったら、松村屋さんは止《とど》めを刺そうとしたのか、また短刀を振りかざした」

七兵衛は仕草を交えて話をする。

「へえ、二度も……」

粂吉は知っていることであるが、驚き顔をしてみせる。

「だけど、矢野屋さんがよろけて倒れたので、肩口を斬っただけだった。わたしはとっさに松村屋さんに抱きついて、おやめなさい、何をするんですと叱ったね。矢野屋さんは血の気をなくした顔で倒れていたけど、宇野《うの》屋さんと山田《やまだ》屋さんが庇《かば》うようにして抱きあげて、そばの座敷に連れ込んだのだよ」

「松村屋さんは、何と言って矢野屋さんを呼び止めたのです？」

「何と言ったかな……。そうそう、甚だ勘弁ならんと喚《わめ》いたのだ。それで短刀を振りかざしたのだ」

「それは寄合のあとの宴席だったのですね」

「宴席が終わってすぐのことだよ」

「その宴席で松村屋さんと矢野屋さんが揉《も》めたようなことは……？」

「ないね。松村屋さんは、昨年の暮れに行司になられたばかりで、寄合を仕切っておられた。なれない行司役に疲れたのか言葉数は少なかったよ。誰かが面白い話をすれば、静かに笑っておられた。だから余計に驚いちまったんだ」

「行司というのはなんです？」

「このあたりの下り酒問屋は仲間を作っている。それで商売を守ってもらうために毎年御上《おかみ》に冥加金《みょうがきん》を上納しているんだけど、仲間内にはいろいろ取り決めがあってね。その話し合いをするための寄合を毎月やっている。面倒事があればその都度《つど》寄合をやるんだけど、そのまとめ役を行司と呼んでいるんだ。松村屋さんの前は矢野屋さんが務めていたんだけれど、肝煎りに収まられた。他に年寄《としより》という役があって、いまは宇野屋さんが務めてらっしゃる。まあ、そう硬い顔をしないでお楽になさいな。足が痺《しび》れるといけない。そこにある座布団を使いなさい」

七兵衛は隅《すみ》に重ねてある座布団を見て勧め、湯呑みに口をつけた。

障子にあたっていた日の光がすうーっと消えて、にわかに部屋のなかが暗くなったが、すぐにまた障子に日があたりあかるくなった。

「松村屋さんと矢野屋さんは仲が悪かったんでしょうか？」

「そういうふうには見えなかったね。まあ、矢野屋さんは……わたしは弥兵衛さんと呼ぶんだけど、行司になったばかりの松村屋さんにあれこれ教えていたようだね」

七兵衛は茶で口を湿らせてつづけた。

「弥兵衛さんは細かい人だから、口うるさくもあるが、それはよかれと思ってのことだ。まあ、松村屋さんがどうしてあんなことをしたのか、いまでもわたしはふしぎなんだよ」

「松村屋さんは寄合のときにも短刀を持っていたんでしょうか？　それとも寄合のあとで短刀を取りに帰ったとか……」

「それはないね。寄合のあと、わたしらはその足で宴席に向かったから」

「松村屋さんは寄合のときにはすでに短刀を懐に呑んでおられた。すると、寄合の前から矢野屋さんを襲うつもりでいたことになりますね」

「まあ、そこまで言われると答えようがないけど、松村屋徳兵衛さんはそれは生真《きま》面目《じめ》で物堅《ものがた》い人でね。およそ人を恨むような人柄ではなかった。わたしよりひとまわりほど若かったかな。できた人だと日頃から感心していたんだけど、まことに残念なことになってしまった。あの一件で店を失い、あげく首を括《くく》って……」

七兵衛はやるせなさそうに頭を振った。

「矢野屋さんですが、どんな人です？」

「どんなと言われても、まあ、そうだね。目配りの利《き》く人と言えばよいかな。細かい人だよ。弥兵衛さんが行司のときには、とくにそうだった」

「たとえばどんなことでしょう？」

「わたしら問屋を通さずに商売するのは禁じられているんだけれど、相手に断りを入れづらいときなどは、小商いだからいいだろうと思ってしかたなくやってしまうんだ。だが、どこで調べてくるのか、そんなことを忠告してあらためるように戒《いまし》めたり、申し合わせに食い違いがあれば、皆さんの意見が合うまで問答をしたりで、弥兵衛さんが行司のときには寄合が長引くことがしばしばだった」

そこで七兵衛は茶に口をつけてから、

「茶も出さずに失礼しちまっているね。いま運ばせるから……」

と、はたと気づいた顔で手をたたこうとした。

「あ、どうぞおかまいなく。松村屋さんと仲のよかった問屋さんは誰でしょうか。ご存じありませんか？」

「あの人は近江屋さんと馬が合うようだった。そうそう、松村屋さんのことを知るには、近江屋さんから話を聞いたほうがよいでしょう。ちょいとせかせかした早口だけど、悪い人ではないよ。それで、どんな筋書きを考えているのだね?」

七兵衛は興味津々《しんしん》の顔を向けてくる。おそらく芝居好きなのだろう。

「まだ、それはこれからです。いろいろ調べなければなりませんので……」

「そうだろう、そうだろう。芝居の筋立ては容易《たやす》くないだろうからね」

七兵衛は条吉のことを戯作者《げさくしゃ》だと思い込んでいる様子だ。

「それじゃ、近江屋さんにあたってみましょう」

条吉は礼を言って鴻池屋を出た。うまく話が聞けたことに、少し安堵《あんど》したが、まだ調べは水端《みずはな》である。

近江屋はさっき訪ねたが、いまは忙しいからとすげなく断られた店である。再度の訪問に気の引けるものはあるが、訪ねないわけにはいかない。

「条吉」

二ノ橋に差しかかったところで声をかけられた。

声だけで伝次郎だとわかる。

五

「いかがだ。話は聞けておるか？」

伝次郎が近づいてきた。

「いま、鴻池屋の主に話を聞いてきたところです」

条吉は後ろを振り返ってから答えた。

「話をしてくれたか」

「あれこれと伺ってまいりやしたが、よくわからないことが多うございます」

「聞けたことだけでも教えてくれるか」

伝次郎はそう言って、近くの茶屋に条吉をいざなった。

人の耳を気にして店の隅に座り茶を注文する。茶が運ばれてきたところで、

「旦那のほうはどうでした？」

と、条吉が顔を向けてきた。

「調べにあたっていたのは半兵衛だった。おおむねお奉行から聞いた話と変わりは

なかったが、気になることはある」

「それは……」

「松村屋は強情《ごうじよう》だったのか、それとも肚の据わった男だったのかわからぬが、調べに対して言い訳ひとつせず、裁きを素直に受けている。申し開きは、ただ矢野屋に遺恨があっただけということだ。だから余計にわからぬ」

「わからないとおっしゃるのは……？」

「もし、松村屋が件《くだん》の日に矢野屋を殺害しておれば死罪は免《まぬか》れなかった。そのことは刃傷に及ぶ前から覚悟のうえだったはずだ。それに、おのれが矢野屋を襲ったあとのことも、承知していただろう」

伝次郎は一拍間を置いてからつづけた。

「店がどうなるか、女房子供を含め奉公人たちがどうなるかも心得ていただろう。されど、松村屋が思慮分別《しりよふんべつ》のある男だったなら、無謀なことはしなかったのではないかと考えるのだ」

「すると、松村屋の乱心だったと……」

「おれなりに考えたことだ。もっとも、よくよく調べてみなければわからぬがな……」

伝次郎は茶に口をつけてから、粂吉に鴻池屋でどんな話を聞いてきたかを訊ねた。

「鴻池屋の主は七兵衛と言いますが、倅に店をまかせ半分隠居みたいなものです。あっしはそう言わなかったんですが、勝手に芝居の筋書き者《すじがもの》だと思い込まれ、よくしゃべってくれました」

粂吉はそう言ってから、七兵衛から聞いたことをざっと話した。

「松村屋徳兵衛は行司になったばかりだったと言うことか。そしてその前の行司が矢野屋だった」

「そのようです」

「松村屋は人を恨むような男ではなかった。鴻池屋はそう言ったのだな」

「はい」

「されど、松村屋徳兵衛は申し開きの場で、遺恨あってのことだと言っている。そんな男なのに、鴻池屋は人を恨むような男ではなかったと……」

「物堅く生真面目だったとも言いました」

「矢野屋弥兵衛のほうは……」

「口うるさい男のようです。寄合の席で意見が合わなければ、みんなの考えが合うまで問答を繰り返していたようです。そのために寄合が長引くことがあったらしいです」

「寄合中に口争いでもしたのか？」

「それはないようです。ただ、気になるのは松村屋がその席でも短刀を懐に呑んでいたということです」

「いざとなれば、いつでも襲う覚悟があったということか」

「端《はな》からそのつもりだったのかもしれませんが……」

「宴席中に二人は争ってはいないのだな」

「鴻池屋はそう申しています。松村屋は静かに飲んでいたようです」

「矢野屋は？」

条吉ははっとした顔で、そのことは聞き忘れたと言って頭を下げた。

「まあ、かまわぬ。これからの調べでわかってくるだろう。それで、松村屋は近江屋と仲がよかったのだな」

「鴻池屋の主は、二人は馬が合っていたと言いました」

伝次郎は静かに茶に口をつけて、しばし考えた。

近江屋に自分が行ったら、いかほどの話を引き出せるか。むろん、近江屋次第であろうが、相手が町方《まちかた》だと少なからず警戒されるだろう。そうなると聞き出せる話も聞けなくなるかもしれぬ。

他の調べのついでに聞くという手もある。どちらがよいか。

だが、事件が起きてから半年以上が過ぎている。それに落着した一件である。余計なことは考えなくてよいかもしれぬ。

「いかがされます？」

伝次郎が考えをめぐらしていると、粂吉が聞いてきた。

「近江屋に行ってみよう。忙しくても、おれなら暇を取ってくれるだろう」

「承知しました」

茶を飲むと、二人は近江屋に向かった。

六

近江屋新右衛門《しんえもん》は齢《よわい》五十の恰幅《かっぷく》のよい男だった。伝次郎の訪問を受けた新右衛門は、他でもない松村屋徳兵衛のことなら話すことはいくらでもあると、若い小僧に奥座敷に案内するように言い付けた。

「やはり、旦那だと態度が違いますね」

廊下を歩きながら粂吉が低声《こごえ》で耳打ちした。

案内された座敷に腰を下ろすと、少し遅れて新右衛門がやってきた。でんとした体つきだが、所作《しょさ》がどこかせかせかしている。

「ああ、すぐに茶を運んできてくれるかね。御番所《ごばんしょ》の旦那に失礼があってはならない。そうそう、お茶菓子もつけるんですよ」

新右衛門は小僧に言い付けると、すぐに伝次郎に顔を向けて、

「このところ忙しくて目がまわるほどなのです。それで、徳兵衛さんのことで何かお訊ねになりたいとのことでございますが、どんなことでございましょう。あの人

とわたしは懇《ねんご》ろにしておりましたが、まさかあんなことを起こすとは思いもいたしませんで、いまでも残念でなりません」

と、早口で話した。

「多忙なところ相すまぬ。松村屋の一件はすでに片づいたことであるが、他の吟味に関わることなので話を聞かせてもらいたいのだ。他の吟味のことは詳しくは話せぬので承知してもらいたい」

伝次郎は差し障りのないことを言った。

「そうでございましょう。なにせ天下のお奉行所の御役目ですからね。それでいったいどんなことをお訊ねになりたいんでございましょうか」

新右衛門は体同様に大きな目をみはる。

「松村屋徳兵衛は詮議中もお白洲でも多くを語っておらぬ。矢野屋を襲ったのは遺恨あってのことだと申しただけだ。さりながら、その遺恨というのがわからぬ。おそらくよほど肚に据えかねるものがあったはずだ。そのことについて心あたりがあれば教えてもらいたい」

「それはいろいろございます。まあ、大きな声では言えませんが、矢野屋さんは意地の悪いことをあれこれおっしゃっていたのですよ。そこまで徳兵衛さんをいじめるようなことを言わなくてもと、わたしは何度も思っていました。ああ、これこれ、ここに。ちゃんと菓子もつけてくれたね。はいはい、もうよいから下がっていいよ」

新右衛門は茶菓を運んできた小僧にそう言いつけると、召しあがってくださいと伝次郎と粂吉に勧めた。

「徳兵衛がいじめられていたと言ったが、それはどんなことだね」

「徳さんは……あ、わたしは徳兵衛さんをそう呼んでおりましたので。その徳さんは昨年の暮れに行司につかれたのです。まあ寄合のときのまとめ役です。その前は矢野屋さんが四年、いや五年ほど行司をされていまして、その行司の手解《てほど》きを徳さんにしておられたのです。矢野屋さんは行司の先達《せんだつ》ですから、後継の徳さんは素直に教えを受けていましたが、矢野屋さんはじつに細かい。それは一から十まで、手取り足取りと言えば聞こえはいいでしょうが、うるさいぐらい、いえ、うるさかったのです」

言葉を切った新右衛門は、伝次郎と粂吉に召しあがってくださいと茶菓を勧めて言葉をつぐ。

「親切も度が過ぎれば迷惑になります。寄合が終わったあとで、今日の話の進め具合はいただけない。あの話は誰々に振ったほうがよかった。あの話を容易《たやす》くまとめるのはいただけない。つぎの寄合でもう一度話し合ったほうがよいなどと、いちいち苦言を呈《てい》されます。徳さんはそのたびに、あらためますと素直に聞いていましたが、その肚のうちはわかりません。わたしだったら、いい加減にしてくれと怒鳴りたくなることでも、徳さんは、はいはいと聞いていたんです。ついには、内輪《うちわ》の寄合と言っても三十八軒の問屋仲間が集まるので着物はもう少しましなものを着てきてもらいたい。足袋《たび》は黒でなくて白がふさわしいなどと、小物《こもの》にまで注文をつけられます。あ、どうぞ遠慮なさらず召しあがってください」

「すると、あまりにもうるさい矢野屋に、徳兵衛は腹を立てていたということだろうか」

伝次郎は茶に口をつけてから問うた。

「徳さんは我慢されていたのでしょう。わたしはそう思うのです。矢野屋さんに逆らったり口答えしたりすれば、親切を無駄にするのかと言われるのはわかっています。だから忍《にん》の一字だったはずです。それなのに徳さんは、不満があってもおくびにも出しません」

「徳兵衛は耐えていたが不満が溜《た》まりに溜まって、ついに刃傷に及んだと……」

「それはわかりません。徳さんは軽率《けいそつ》なことをする人ではありません。もし、矢野屋さんを殺したり、いえ傷つけたりすれば、どうなるかぐらいわかっていたはずです。それなのに徳さんは怒りを抑えられなかった。その怒りがなんだったのか、いまでもわからないのです」

「愚痴を言ったりはしなかったのかね？」

「一切聞いたことがありません。まあ、矢野屋さんの仕切りを快《こころよ》く思っていなかった方もなかにはいます。いまは肝煎りですが、これもなかなかうるさくて、わたしなんぞは寄合のたびに閉口するばかりです。ひとつのことをぐじぐじと、自分の思いどおりになるまで話し合われます。ほんとは半刻《はんとき》（一時間）ですむ寄合が、一《いっ》刻《とき》（二時間）どころか二刻《ふたとき》（四時間）もかかるなんてことはざらです。そのために寄合に出たくないという人もいらっしゃいます。わたしもそうですが、出なければ何を言われるかわかりませんから、気乗りしないまま出向くといった按配《あんばい》です」

なんだか新右衛門の愚痴になってきた。

「寄合でなく、他のことで徳兵衛と弥兵衛が揉めていたようなことはなかったのかね」

「さあ、それはなかったはずです」

「件の日の寄合の席で啀《いが》み合いがあったとか、さようなことは……」

「それもございませんでした。まあ、例によって矢野屋さんが茶々を入れて寄合が長引きはしましたが……」

「寄合のあとの宴席での徳兵衛と弥兵衛はどうであった」

「徳さんは静かに酒を飲み料理をつまんでいました。ときどき他の人の話に笑ったりもしていました。矢野屋さんはいつものことですが、はしゃいでおいででしたね。女中をからかったりして……。まさかあの宴会のあとであんなことになろうとは思いもしないことで、いまでも徳さんのやったことに首をかしげています」

「松村屋は、いまは他の店になっているのだな」

「それでございます」

新右衛門は少し身を乗り出すようにして言葉をついだ。

「松村屋が潰れたあとで、店は二つの店に造作し直されて貸しに出されたのですが、一軒は素麺問屋が借り、もう一軒は山本屋という瀬戸物屋が借りていますが、山本屋は矢野屋さんの息がかりです」

「息がかりとは……？」

伝次郎は新右衛門を眺める。

「矢野屋さんの親戚です。それも矢野屋さんが半分元手を出しているようです。自分を襲った相手の店を借りるという気が知れないのですが……」

まくし立てるように話していた新右衛門は茶に口をつけた。

「ともあれ、徳兵衛が矢野屋弥兵衛に、なにゆえ斬りつけたのか、それはわからぬのだな」

「はあ、わたしには徳さんの肚のうちがいまでもわかりませんで……」

「ふむ。忙しいところ手間を取らせたな」

伝次郎は話を打ち切ることにした。

「それで他の吟味と徳さんの一件が関わっているのでございますね。お役に立てたでしょうか？」

「ためになる話を聞かせてもらった」

「それはようございました」

新右衛門はほっとした顔をした。

七

「どうやら矢野屋は嫌われ者のようですね」

近江屋を出たあとで粂吉が顔を向けてきた。

「おそらく近江屋は矢野屋との相性が悪いのだろう。ほとんどが矢野屋への愚痴めいたことばかりだったからな。それでも、気になることは聞けたはずだ」

「そうですね」

「店は二つに分けられたようだが、一軒は矢野屋の親戚の店だ」

伝次郎は立ち止まって一方に目を注いだ。

瀬戸物屋「山本屋」の看板である。

「山本屋で話を聞かれますか？」

条吉が伝次郎の視線に気づいて言った。

「いや、今日のところはいいだろう。他の店で話を聞こう」

伝次郎は播磨《はりま》屋という看板をあげている下り酒問屋に足を向けた。

しかし、播磨屋で聞けた話も近江屋とたいして変わらないことだった。もっとも、近江屋ほど矢野屋への不平は漏らさなかったが。

さらに数軒の店を訪ねて松村屋徳兵衛と矢野屋弥兵衛の関係を聞いたが、徳兵衛が矢野屋に意趣《いしゅ》を持っていたという話は出なかった。

「矢野屋の弥兵衛は、松村屋徳兵衛の恨みを買っていたことに気づいていたのだろうか？」

伝次郎が疑問を口にしたのは、銀町二丁目にある蕎麦《そば》屋でだった。条吉と蕎麦を手繰《たぐ》りながらも、そのことが気になる。

「あっしは徳兵衛が、弥兵衛にどんな恨みを持っていたかが、もっとも気になります」

「それは大事なことであるが、いまのところ何もわかっておらぬ。やはり身内から話を聞くべきだろうが、お奉行のお考えがあたっていて敵討ちを企んでいるのであれば、身内は口を閉ざすであろう」

「すると与茂七の調べが気になります」

「うむ」

伝次郎は残りの蕎麦をすすった。

連子窓《れんじまど》の外は黄昏《たそが》れはじめていた。聞き込みをつづけてもよかったが、条吉が言ったように与茂七の調べが気になる。

「今日は引きあげるか。家に戻って与茂七の帰りを待ちたい」

「向後《こうご》の聞き調べはそれ次第ってことですね」

蕎麦屋を出ると、そのまま二人は川口町にある伝次郎の家に向かった。

日が落ちるのが早くなっている。七つ半（午後五時）には空は暮れなずみ、それからあっという間に宵闇《よいやみ》が漂いはじめて夜の帳《とばり》が静かに下りた。

伝次郎は条吉といっしょに、茶の間でちびりちびりと酒を嘗めながら、与茂七の帰りを待ったが、なかなか戻ってこない。

品川まで日本橋から二里《り》（約八キロ）の距離である。遅くても片道一刻ほどしかからない。

「それにしても、帰りが遅すぎはしませんか……」

条吉が痺《しび》れを切らしたように言った。

「そうだな。もしや、しくじって何か起きているのでは……」

伝次郎も心配になっていた。

与茂七は調子のいい男で、粗忽《そこつ》なところがある。探りを入れるだけでよいと言ってあるが、深入りをしているのではなかろうか。

「心配ではあるが待つしかない。あまり遅いようなら、品川まで行ってもよい」

その覚悟をした伝次郎は、ぐい呑みを脇にどけた。

しかし、与茂七は戻ってきた。それは五つ（午後八時）の鐘が鳴る前だった。

「いやいや遅くなっちまいました」

人の気も知らず与茂七は剽軽《ひょうきん》な顔で、疲れた疲れたとぼやいて伝次郎と条吉の前に腰を下ろした。

「ずいぶん遅いので、何かあったんじゃねえかと思い、旦那と心配していたんだ」

条吉が咎《とが》め口調で与茂七を見た。

「それがあったんですよ。松村屋は北品川宿《きたしながわしゆく》の一心寺《いっしんじ》という寺のすぐそばにあるんですが、店構えは小さいながらいい場所です。商売もそこそこ繁盛しているようですが、妙な浪人の出入りがあるんです」

「妙な浪人……」

伝次郎は眉宇《びう》をひそめた。

「へえ。それが、表から入らず、決まって裏から出入りするんです。妙だと思いましてね。それで見張っていますと、日が暮れ前に店を出て行ったんで、後を尾《つ》けたんです。行った先は、宇田川町《うだがわちょう》の裏長屋でした。気になったんで探ってみますと、丸橋金三郎《まるはしきんざぶろう》という浪人でした」

「そんな浪人がなぜ松村屋に出入りしているんだ？」

粂吉が訊ねる。

「そこがわからねえところなんですが、とにかくその丸橋金三郎というのは、ここしばらく仕事もしないで品川通いをしているんです。行き先は松村屋のようです」

「仕事は何をしているのだ？」

伝次郎は酒の入った瓢《ひさご》を引き寄せた。

与茂七が戻ってきたので、もう少し飲んでもかまわない。

すぐに与茂七がそのことに気づき、

「旦那、おれにも一杯」

と、ねだった。

伝次郎はぐい呑みを取って酌をしてやった。

「近くにある剣術道場で師範代《しはんだい》をやっていたらしいんですが、この頃は道場に通っている様子はないそうです」

「道場の代わりに品川の松村屋に通っているということか。松村屋に通っても金にはならぬはずだ」

「だからおかしいでしょう。まあ、もうちょいと探りを入れてみなければわかりませんが……」

与茂七は喉を鳴らして酒を飲んだ。

うめえなあと、頬を緩《ゆる》ませる。

「それで他にわかったことはないのか？」

「店は死んだ徳兵衛の女房と、勘次郎という倅が切り盛りしています。奉公人は二人いますが、ひとりは手代《てだい》でもうひとりは女中です。手代は松村屋にいた男で、そのまま新川から移っています。女中も同じです」

「店は四人でやっているのか……」

伝次郎がつぶやくと、与茂七がすぐに言葉を被せた。

「四人ですが、ときどき新川にあった松村屋の番頭が訪ねてきてるようです」

「松村屋の番頭……ときどきと言うが、それは月に何度ぐらいだ?」

「さあ、それはもっと探りを入れなきゃわかりません。あんまり店の近くをうろつくとあやしまれるんで、今日わかったのはそれぐらいです。で、旦那たちのほうはどうでした?」

与茂七は伝次郎と粂吉を交互に眺める。

「わかったことは少ないが、今日の聞き調べでわかったのは、徳兵衛が生真面目な男だったということだ」

伝次郎はそう言ってから、その日調べたことをざっと話してやった。

「すると、徳兵衛が弥兵衛にどんな恨みを抱いていたかというのは、わからないということですか」

与茂七は話を聞き終えてから言った。

「調べは今日はじめたばかりだ。明日もやるが、どうも品川の松村屋が気になるな」

伝次郎は遠くを見るように壁の一点を凝視した。

これまでの経験で培《つちか》ってきた勘であるが、筒井奉行が懸念《けねん》することは、杞憂《きゆう》で終わりそうにないと思った。

第二章　追憶

一

朝餉《あさげ》の席についた手代の米吉《よねきち》が、妙なことを口にした。

「うちのことを探っているような男……どんな男だね？」

勘次郎は茶碗を持ったまま米吉を見た。

母のおようと通い女中のお里《さと》も米吉を見た。

「井戸端に行ったら隣の車屋さんが話しかけてきて、そんなことをおっしゃったんです。それでどんなことを聞かれたのかと聞きますと、松村屋にはいま奉公人が何人いるんだとか、主は死んだ徳兵衛さんの倅かとそんなことを聞いたそうで。車屋さんは何の気なしに知っていることを話したと、さようにおっしゃいました」

勘次郎は一度おようと顔を見合わせて、米吉に顔を戻した。

「その男がどこの誰かはわかっているのかね？」

米吉は首を振ってから答えた。

「車屋さんは聞かれたので教えただけだと。名前も何もご存じじゃありませんでしたが、歳は二十五、六で職人のようななりをしていたと……」

「まさか、矢野屋の差し金ではないだろうね」

勘次郎は硬い顔を米吉に向けた。

「そのことも考えましたが、まさか矢野屋がそんなことを調べても何の得にもなりません。それに、もはやこの店にかまうことなどないはずです」

「それじゃ、その男はどうしてそんなことを聞いたのかしら？」

おようが味噌汁の椀を置いて、手拭《てぬぐ》いで口を拭って言葉を足した。

「何だか気味が悪いわね。まさか矢野屋が逆恨みしているんじゃないだろうね」

「そんなことはないと思います。もうすべて終わったことですから……」

米吉がおようの危惧《きぐ》を否定した。すると、おようは女中のお里を見た。

「あんた、何かしゃべったりはしていないだろうね」

「いいえ、わたしは何も存じませんで……」

「ひょっとすると、この宿場にある他の瀬戸物屋の者かもしれない。うちは店を出して間がないのに、商売は悪くない。古い店がやっかんだりしてもふしぎはないだろう」

勘次郎は残りの飯をかき込んだ。新川の店が潰れて、北品川宿で商売替えをして瀬戸物屋を開いたが、商売は順調だった。

もっとも、父・徳兵衛が築いた店には遠く及ばないが。店にいるのは手代の米吉と通い女中のお里、そして自分と母親のおようの四人のみだ。

日々の暮らしに困ることはないし、ある程度の貯えもある。貯えは死んだ父・徳兵衛が残してくれたのだった。

「それならいいんだけど、気になるわね」

おようは不安げな顔をして湯呑みを口に運んだ。

「たしかに旦那様がおっしゃるように、あまり深く考えなくてよいかもしれませんね」

米吉はお里がよそった飯碗を受け取った。

朝餉を食べ終えた勘次郎は、帳場に行って帳面に目を通した。売り上げは悪くない。仕入れ先も決まったし、客も少しずつ増えている。

昨日は二軒の旅籠《はたご》と猟師町《りょうしまち》の料理屋から注文を受けた。大きな商いではないが、いまは地道にやっていくしかない。

(そうは言っても……)

勘次郎は帳面を閉じて宙の一点をぼんやり眺めた。いまさらながら父・徳兵衛の「始末」には頭があがらない。あそこまで考えていたとは、思わなかった。あとになってよくわかったが、感服《かんぷく》するしかない。

もし、自分が徳兵衛だったら、あそこまで気をまわせただろうかと思う。

父・徳兵衛は覚悟のうえで刃傷に及んだ。自分の死も、店が潰れるのもわかっていた。だからこそ、その後の配慮を万全にしていた。

雇っていた奉公人の受け入れ先も、番頭への慰労金の支度も、そして残された家族への手当ても申し分のないものだった。

誰ひとりとして父・徳兵衛を恨む者はいない。

恨むのは父を死に追いやった矢野屋弥兵衛である。

勘次郎はギリッと奥歯を嚙《か》んで立ちあがると、表に出た。米吉が平台《ひらだい》を出して、商売の瀬戸物類を並べていた。

「今日も天気がいいね。風は日に日に冷たくなってきているけど……」

「御殿山《ごてんやま》の楓《かえで》も銀杏《いちょう》もきれいに色づいています」

米吉が作業をしながら返事をする。

「今日は松坂《まつざか》屋さんに行ってくるので、米吉さん、店のほうを頼みます」

松坂屋は浜松町《はままつちょう》にある大きな瀬戸物問屋だった。

「承知しました。で、今日あたり利兵衛《りへえ》さんが見えると思うのですが、旦那様が留守のときに見えたらいかがしましょう」

「松坂屋さんの用はすぐにすむはずだから、もし利兵衛さんに急ぎの用がなければ待っててもらいたいとね」

「では、さように伝えておきましょう」

利兵衛というのは新川の松村屋時代の大番頭だった。父・徳兵衛はその利兵衛に慰労金として三百両を残していた。

二番番頭の惣右衛門《そうえもん》は利兵衛より若かったが、慰労金をもらってそのまま生まれ故郷に戻り、静かに暮らしている。

勘次郎は開店の支度が調《ととの》うと、浜松町一丁目の松坂屋に向かった。綿入れの着流しに紋付きの羽織《はおり》というなりである。

浜通りをゆっくり歩く。旅人や行商人、あるいは勤番侍《きんばんざむらい》とすれ違う。

八ッ山《やつやま》下まで来たとき、勘次郎は丘の上のほうにある御殿山を立ち止まって眺めた。米吉が言ったように、山は赤や黄色の樹木が常緑の木々の間に映えていた。

再び足を進めると、右手に青々とした海が広がり、岸壁の近くで海鳥が鳴き騒ぎ、空には鳶《とび》がゆっくり舞っている。

勘次郎はやわらかな笑みを浮かべたが、すぐにその笑みを消した。

こんなのんびりした生き方もあとわずかだと思えば、三行半《みくだりはん》をわたして離縁したお辰《たつ》を不憫《ふびん》だと思いもする。

もはやあとの祭りだが、いま思えばお辰に非はなかった。非はすべて矢野屋弥兵衛にあったのだ。

それでもお辰はなにも言い訳せずに家を出て、そして身投げをして果てた。

そのお辰は身籠《みご》もっていた。

勘次郎の子か、それとも矢野屋弥兵衛の子かわからなかった。離縁はしかたないことだった。

松村屋の将来を思って、弥兵衛と二人で話をすることになった。しかし、そこに待っていたのは獣《けだもの》と化した矢野屋弥兵衛だった。

無理矢理に犯されたお辰はどんなに悔しかっただろうか。どんなにつらかっただろうか。

しかし、勘次郎が離縁を決めたのも当然のことでもあった。

勘次郎は黙々と歩きつづけた。大木戸を過ぎ、田町《たまち》の町屋《まちや》に入ると海が見えなくなった。早く用をすませて店に戻ろうと、足を急がせた。

その足が止まったのは、金杉《かなすぎ》橋をわたったときだった。前からやってくる利兵衛の姿が見えたからだった。

二

「これは、若旦那」

利兵衛も気づいて立ち止まり、それから近寄りながら声をかけてきた。

「店に行くところだったのかね」

「さようで。若旦那は？」

利兵衛は以前のように、勘次郎のことを若旦那と呼ぶ。

「松坂屋さんに行くところなんだけど、急ぐことはないので、その辺で話でもしようか」

「そりゃ手間が省けて助かります」

利兵衛は白髪をきれいに結いあげている。身なりも昔のままで大番頭らしい風格をかもしていた。

二人は金杉橋の北詰からほどないところにある茶屋に入った。店の隅にある床《しょう》几《ぎ》に座り、二人は小女《こおんな》が茶を運んできて去るまで黙っていた。

「何かありましたか……」

勘次郎は低声で訊ねた。

「矢野屋の寮《りょう》が向島《むこうじま》にあるのはご存じですね」

利兵衛も低声で応じる。

人には聞かれたくない話なので自然にそうなる。

「聞いてはいるけど、向島のどこにあるかは知らない」

「昨日見てきました。場所はわかりました。それから弥兵衛が四、五日置きに、その寮に通っているのもわかりました。年増の女を囲っているんです」

「すると妾《めかけ》がその寮に……」

「あと下男と女中がいます。小さな寮なので、それで十分なんでしょう。矢野屋に乗り込むのは難しいので、寮ならと思いまして……」

勘次郎は茶に口をつけて短く考えた。

矢野屋を呼び出して仕打ちを与えようと考えていたが、寮ならもってこいの場所だ。それに向島はあまり人気《ひとけ》のない場所だ。

「いいかもしれない」

勘次郎はつぶやくように答えた。

「わたしも寮なら都合がよいと思います。若旦那に文句がなければ、弥兵衛がいつ寮に通うのか詳しいことを調べましょう」

「お願いします」

勘次郎はそう言ってから利兵衛をまじまじと眺めた。

「利兵衛さん、面倒なことを頼んですまないね」

「何をおっしゃいます。そんなことは気になさらないでください。わたしも弥兵衛のことは許せないのです」

「迷惑なことだろうが、すまない」

「若旦那、気にすることはありません。旦那様の弔《とむら》いなのです。そうでなければ旦那様の死は無駄になります。お辰さんの死も無駄にはできません。そうではございませんか」

「たしかに……」

勘次郎はうなずいて茶に口をつけた。

「それで店のほうに変わったことはありませんか？」

「商いはうまく行きすぎているほどだ。これから仕入れの相談に松坂屋さんに行くところだったのだよ」

「何よりでございます。やはり若旦那は、旦那様の血を引いてらっしゃるからうまく行くのでございましょう」

「ただ、気になることを今朝米吉から聞いたのだ。何でもうちの店のことをあれこれ聞いている者がいると」

「はて、それは……」

利兵衛は眉を動かした。

「まさか矢野屋が探りに来るわけはないだろうから、品川で古くからやっている瀬戸物屋の者が来たのではないかと思うのだ。うちの店は開店して間もないのに、商いはうまくいきすぎているほどだ」

「やっかみは同業につきものです。商いの調子がよいのは若旦那の人柄でしょう」

「ツキがまわってきているだけかもしれない。この先のことはわからないから、気を緩めないようにしてはいるが……」

「大切なことです」

利兵衛はそう言ったあとでしばらく黙り込んだ。

勘次郎はその顔を静かに眺めた。子供の時分から知っている奉公人で、父・徳兵衛がもっとも信頼していた番頭だ。その顔にはいつしか深いしわが刻まれている。

しかし、新川にあった松村屋の後始末を仕切ったのはこの男だった。事件後、奉公人たちが行き場を失わないように、その手配りをしてくれた。おかげで店にいた奉公人は誰ひとり路頭に迷うことはなかった。

もっとも、そのことは父・徳兵衛が指図したかららしいが、利兵衛でなければできない仕事だったのだ。

「この頃、思い返すことがあるんです」

黙っていた利兵衛がゆっくり口を開いた。勘次郎はその顔を静かに眺めた。

「弥兵衛はずっと前から松村屋を潰そうと考えていたのだと、そう思えてしかたないのです。と申しますのも、寄合のときに弥兵衛は松村屋の仕切状《しきりじょう》を見せてくれと言ってきたことがあるからです」

「仕切状を……何のために？」

初めて聞くことだった。

仕切状とは、その年に販売した数と売り上げを記した書面である。

それには、下り酒問屋の口銭《こうせん》（手数料）と下り銀（運送経費）を差し引いた金額が書かれている。その金額が上方《かみがた》の酒造家《しゅぞうか》にわたることになっている。

これは酒造家と酒問屋の間で交わされることで、他人に見せるものではない。

「ひょっとすると、誤魔化《ごまか》しがあったかを探るためだった、あるいはあらを探して追い詰めようという考えがあったのかもしれません。それに売附覚《うりつけおぼえ》も出したことがあります。わたしは寄合には出ておりませんので、どういうことかわからなかったのですが、旦那様が控えを出してくれとおっしゃるので、黙ってわたしたことがあります」

売附覚は、十駄《だ》（二十樽）あたり金何両で売られたかが書かれている。これも酒問屋と上方の酒造家の間で取り交わされるもので、表に出すことはない。

「それは知らなかった」

勘次郎は驚きを隠せない顔を利兵衛に向けた。

「松村屋が潰れたあと、下り酒問屋仲間には空きができましたが、その空きはすぐに埋まりました。ご存じだと思いますが、鹿島《かじま》屋の房次郎《ふさじろう》さんが、松村屋の後釜《あとがま》で入りました。その鹿島屋は前々から問屋仲間に入りたがっていたと聞いています。その後押しをしたのが矢野屋です。それも矢野屋は鹿島屋に多額の口銭《こうせん》を催促していたと、小耳に挟みました」

「それは本当ですか？」

「火のないところに煙は立たないと申します」

利兵衛は勘次郎をまっすぐ見て付け加えた。

「そんなことを考え合わせると、弥兵衛は前々から松村屋を追い落とそうと企てていたのかもしれません。松村屋が廃業しても、矢野屋は痛くも痒《かゆ》くもありません。代わりに後釜の鹿島屋さんから、大きな金が転がり込んでくる」

勘次郎はそばにある柱をにらみつけるように見て、膝に置いていた手を強くにぎりしめた。

三

伝次郎は小網町二丁目にある船宿「磯源《いそげん》」の二階で煙管《キセル》を吹かしながら、表に降っている雨を眺めていた。同じ二階座敷には数組の客がいた。舟待ちと逢い引きをしているらしい若い者だった。

件の調べはあまり進んでいなかった。品川の松村屋にもその後変わった動きはないと、与茂七から報告を受けている。

下り酒問屋の大方に話は聞いたが、松村屋徳兵衛の矢野屋弥兵衛に対する怨恨ははっきりしていない。

伝次郎は頭の隅で、筒井奉行の思い過ごしではないかと思いはじめていた。とくに変わったことはないので、ご心配無用ですと言上《ごんじょう》すれば、この一件から手を引くことができる。

そうしてもよいのだが、その前に粂吉と与茂七の調べを聞かなければならない。階段に足音がするたびに顔を向けるが、あらわれるのは新たな客か船宿の女中だった。

昨日から雨が降りつづいているが、さほど強い降りではなかった。空の一角に晴れ間がのぞいているので、おそらく夕刻には雨はあがるだろう。

一組の客が一階に下りていってしばらくしたとき、与茂七がようやくやってきた。

「いやな雨です。降りは弱いけど、冷たくてしょうがねえ」

与茂七はぼやきながら伝次郎の前に座った。

「何かわかったか？」

「これといったことじゃないかもしれませんが、松村屋が廃業したんで問屋仲間に空きができたんですがね、その後釜はすぐに決まったそうなんです。この船宿の近くにある鹿島屋って酒問屋です」

「空きができたのだから、もっともなことだろう」

「いえいえ、それがちょいと違うんです。空きができても、すぐにつぎが決まるってことは滅多《めった》にないらしいんです。本来なら廃業した問屋の株を、一旦問屋仲間で預かり、そのうえで新規の問屋を見立てて譲るのが常らしいんです」

「すると、その見立てが早くすんだということか」

「そうなりますが、その鹿島屋を躍起《やっき》になって押し立てたのが矢野屋です」

「ふむ」

「ところが、その鹿島屋は二年ほど前から矢野屋に近づいて、さかんに売り込んでいたと言います。自分を問屋仲間に入れてくれということです。ですが、新たに入るには空きができるまで待たなきゃならない。空きができたとしても、問屋仲間に認めてもらわなきゃなかなか入れるものじゃないんです。ところが、松村屋が廃業になったら、そのひと月後に鹿島屋は目出度《めでた》く仲間入りです。どう思われます？」

与茂七は早口で言って勝手に茶をついで飲んだ。

「矢野屋の後押しが効いたということであろう」

「そうですが、他の問屋は少し待って様子を見たほうがいいと言ったらしいんですが、矢野屋はその反対を押し切って、鹿島屋を認めさせたんです。その話は銀町の山田屋から聞いたんですがね、鹿島屋はずいぶん矢野屋に金や音物《いんもつ》を使ったんじゃないかって……言葉は濁《にご》しましたが、そんなことを言います」

「すると鹿島屋は賄《まいない》を使って、仲間内で力のある矢野屋を後ろ盾《だて》にしたということか」

「早い話がそうなります。なんだか矢野屋って汚い男じゃありませんか。いい年寄りのくせしやがって……」

「おい、与茂七。あまり大きな声でしゃべるんじゃない」

伝次郎が窘《たしな》めたとき、粂吉がひとりの男を連れてやってきた。

「旦那、元松村屋にいた孝助《こうすけ》という手代です。いまは……」

条吉が孝助を見ると、

「新乗物町《しんのりものちょう》の上総《かずさ》屋という米問屋に勤めています」

と、孝助は気弱そうな目を伝次郎に向けた。歳の頃は三十半ばだろうか。

「松村屋徳兵衛が矢野屋を恨んでいたことに心あたりがあると言うんで、直接に話を聞いてもらおうと思いましてね。孝助さん、話してくれるか」

条吉に促された孝助は、こくんとうなずいて話しはじめた。

「若旦那の勘次郎さんには、お辰さんというおかみさんがいました。わたしは十三のときから松村屋に奉公させていただいていますが、そのお辰さんが店にやってきたのは、まだ五つか六つのときでございました」

「孝助さん、おれたちが知りてぇのは松村屋徳兵衛さんが、どんな恨みを矢野屋に持っていたかってことだ。若旦那の女房のことではない」

与茂七が口を挟んだが、伝次郎は「まあ」とやんわりと制して、

「聞こうじゃないか。先をつづけてくれ」

と、孝助を促した。

「忘れもいたしません。あれは雨の降りしきる梅雨《つゆ》の頃でした。わたしはまだ若い見習《みならい》でして、店の前に立っていますと、傘も差さずにずぶ濡《ぬ》れになって歩いてくるみすぼらしい親子がいました。その子供がお辰さんでした。母親はお勢《せい》という名でした。わたしは歩いてくる親子を眺めながら、こんな濡れ鼠《ねずみ》になってどこに行くのだろうか、店の傘を貸してやろうかと思いました。よく見ると、その親子は裸足《はだし》でした。着の身着のままというなりです。わたしは見ていられなくなり、傘を貸してやろうと店のなかに戻りかけたとき、母親のほうがばたりと倒れて動かなくなりました。子供は何もできずに母親のそばにしゃがんで、母親の肩を小さな手で揺すっていました」

「大丈夫かい？」

孝助は雨のなかに飛び出して母親の様子を見、それから小さな娘に少し待っていなさいと言って店のなかに戻った。

「放っておくわけにはいかないね。店に連れていらっしゃい」

孝助から話を聞いた番頭の利兵衛がそう言ったので、孝助は仲間の奉公人に手伝わせて、母親を店に運び入れた。娘はしっかりしていたが、母親は高熱を出していた。

これはいけないということで、空いている奥の部屋に親子を入れ、着替えをさせて母親を寝かし、そのうえで医者を呼んでやった。

そのとき母親がお勢で、娘がお辰という名だということがわかった。母親の熱は三日後に下がったが、体が衰弱しており、すぐに起きられそうにない。

主の徳兵衛とおかみのおようのはからいで、しばらく二人は預かってもらうことになった。しかし、お勢は食が細く、なかなか床から起きることができない。

聞けばお勢は下総《しもうさ》佐倉《さくら》にある履物《はきもの》屋の女房だったが、火事で焼け出され、亭主もそのとき焼け死んだので、江戸に働き口を探しに来ていたのだった。

「これも何かの縁かもしれない。お勢の体が元に戻ったら、うちで働いてもらおうか」

主の徳兵衛は情のあることを言って、そのことをお勢に伝えた。お勢は涙を流して喜び、布団の上に座って何度も頭を下げた。

ところが、その夜にまた熱が出て、翌朝、体は冷たくなっていた。

残されたお辰は激しく泣きじゃくった。おっかあ、おっかあと、母親の痩《や》せ細った体にしがみついて離れなかった。行きがかり上放っておくわけにもいかないので、店で野辺《のべ》送りをして、お勢を回向院《えこういん》に埋葬した。

お辰は悲しみが癒《い》えると、店の下働きの手伝いをするようになり、育つうちに奉公人たちから読み書きを学び、そして十五になったときには算盤《そろばん》もできるようになった。

気が利いて明るい性分なのでみんなから「お辰」とか、「お辰っちゃん」と呼ばれて可愛がられた。

そんなお辰のことを徳兵衛の倅・勘次郎は、妹のようだと言って可愛がっていた。お辰も勘次郎に懐《なつ》いていた。奥ではたらく女中たちは、そんなお辰に、

「あんた、若旦那にもらってもらいなよ。若旦那も満更《まんざら》でもないようだよ」

などと、冗談とも本気ともつかないことを言った。

お辰は、そんなことはない。若旦那の嫁になるなんて、おこがましすぎて考えもしないと、言葉を返していた。

そんな頃、勘次郎に縁談話が何度か舞い込んできた。しかし、勘次郎はすべての

話を断り、店の仕事に精を出していた。

じつは勘次郎には勘助《かんすけ》という兄がいたのだが、早世《そうせい》していたので、店の跡継ぎとしてしっかりしなければならないという気構えがあった。

だが、勘次郎が二十三になったとき、

「わたしもそろそろ身を固めようと思います」

と、主であり父親の徳兵衛に申し出た。

「ほう、ようやく嫁を取る気になったか。いいだろう。それじゃ早速にも縁組み話をしてみよう。ちょうど井筒《いづつ》屋さんの親戚にいい娘がいると聞いたばかりだ」

徳兵衛は頬をゆるめて言ったが、勘次郎には決めた女がいた。それがお辰だった。その話を聞いたとき、孝助もそうだがまわりの奉公人たちは驚きもし、またこうなると思っていたと内輪話をした。

徳兵衛と女房のおようは、倅・勘次郎がお辰を嫁にすることをすぐには認めなかったが、勘次郎の粘りに負け、晴れて勘次郎とお辰は祝言《しゅうげん》を挙げることになった。

勘次郎二十四、お辰十九のときだった。

「ちょいと待ってくれ。そんな話を聞きたいわけじゃないんだよ。おれたちが知りてぇのは、松村屋が矢野屋にどんな恨みを持っていたかってことなんだ。ずいぶん話が飛んでいるじゃねえか」

与茂七が孝助の話を遮《さえぎ》って、憮然《ぶぜん》とした顔で茶を飲んだ。

「まずはそのことを知ってもらったほうがよいと思いまして、長々と話をしたんでございます」

孝助はすまなそうに頭を下げる。

「それでどうなんだね。あとの話があるんだろう」

伝次郎が孝助を促す。

「手短にやってくれよ」

与茂七が気の短いことを言う。

「はい、わたしは聞いてしまったんでございます」

「なにをだい?」

与茂七が孝助を見る。

「それは去年のちょうどいま頃でございました」

孝助は店の大戸を閉めたあとで、お得意からの注文を伝え忘れたことを思い出し、奥座敷に引き取った徳兵衛の部屋に向かったのだが、廊下の途中で足を止めた。

それはお辰のすすり泣きと、

「とんでもないことをしてくれたもんだ。どうして誘われたとき、断ることができなかったんだ」

と、怒りを抑えた勘次郎の声が聞こえてきたからだった。

「よりによって相手が矢野屋さんだとは、開いた口が塞《ふさ》がらないというのはこのことだ」

「申しわけありません。許してくださいとは申しません。どうぞ、お好きなようにしてください」

お辰は涙声で頭を下げているようだった。

「勘次郎、腹を立てているだけでは話がわからん。お辰、矢野屋さんには何と言って誘われたんだね」

徳兵衛の声だった。

「この店の先行きに気になることがある。問屋仲間に知られたら松村屋さんは商売ができなくなる。わたしだけの胸に仕舞っておくので、売上げ台帳の写しをもらいたい。それを見れば、概《おおむ》ねわかるのでやってもらいたいということでした」

「なぜ台帳の写しを……」

「この店が抜《ぬ》け荷《に》をやっている噂がある。それが知れたら商売はつづけられない。大っぴらになる前に、わたしが揉み消す算段をするからと言われました」

「馬鹿な。抜け荷なんてやるわけがない。それで矢野屋さんに何と言ったのだね」

「そんなことはできませんと断りました。それに、松村屋は誤魔化すような商いはしていませんと……」

「それで矢野屋さんはわかってくれたのかね」

短い沈黙のあとでお辰は声をふるわせて言った。

「お断りしたらいきなり手を引き寄せられ、そして……わたしは必死に抗《あらが》ったのですが……」

お辰はそのままおいおいと泣いた。暗い廊下に立って聞き耳を立てていた孝助は唇を嚙んで、拳を握りしめた。

「だから、この腹の子は矢野屋さんの子かもしれません」

お辰はそう言ってまたしくしくと泣いていた。

孝助はゆっくり廊下を後じさった。

「あのとき、お辰さんは身籠もっていました。わたしたちは若旦那の跡継ぎができる。男の子だろうか、女の子だろうかと噂し合っていた矢先のことでした」

孝助はそこまで話すと、伝次郎たちを眺め、

「だから矢野屋さんを恨むのは当然です。わたしも矢野屋さんのことは許せません」

と言って、唇を引き結んだ。

「なるほど。さようなことがあったか……」

伝次郎は冷めた茶を口に運んだ。

「それでお辰はどうなったんだね？　品川の店にはいなかったようだが……」

与茂七だった。

「若旦那はあのあとすぐにお辰さんと離縁されました。そして店を出て行ったお辰

さんは、三日後に、大川に浮かんでいました」

「身投げしたのか……」

「へえ」

そう答えた孝助の目は潤《うる》んでいた。

「申しわけありません。長い話になってしまいました」

「いや、気にすることはない。いい話が聞けた。それで、他に何か知っていることはないかね？」

伝次郎は肩をすぼめている孝助を眺めた。

「他に、それは矢野屋さんに対することでしょうか……」

「そういうことだ」

孝助はしばらく考えるように視線を動かしたが、首をかしげて他には知らないと言った。

「でも、よく松村屋が潰れたあとに、つぎの仕事が見つかったもんだ」

与茂七だった。

「何もかも番頭の利兵衛さんが世話をしてくださったのです。他の奉公人たちの面倒も見てくださって、ほんとうにありがたいことです」

「番頭には足を向けて寝られないってことか。で、他の奉公人と言ったが、みんな世話を受けたのかい？」

「さようです。誰ひとり職を失った者はいません」

「へえ、そりゃあ大したもんだ。利兵衛って番頭は偉いねえ」

与茂七は腕を組んで感心した。

「それで沢村様、わたしはそろそろ店に戻らなければなりません」

「引き留めて悪かった。雨はそろそろやみそうだ。気をつけて帰れ」

伝次郎が答えると、孝助は再度頭を下げて二階座敷を出て行った。

「粂吉、いい話を聞けたな」

「はい。あっしも話を聞きながら驚きました」

「旦那、これで松村屋徳兵衛の恨みはわかりましたね。勘次郎の女房を手込《てご》めにしたことが許せなかったんですよ」

与茂七はそう言ってから矢野屋に乗り込みますかと言った。

「待て待て。そういうわけにはいかぬ。この件は一度片《かた》がついている。いまさら矢野屋を詮議してもどうにもならぬ」

「へっ。それじゃどうするんです？」

「品川の松村屋の動きが気になる」

伝次郎はそう言って立ちあがった。

四

丸橋金三郎は宇田川町の長屋に戻ってきたところだった。近所では牛蒡《ごぼう》長屋と呼ばれている裏店《うらだな》だ。

そんな呼び方をされているのが金三郎には気に食わないが、長屋前の水路に大量の牛蒡が流れてきたことがあり、それでついたと耳にしている。

狭い長屋に入ると、行灯《あんどん》に火を点《とも》した。それから仏壇の前に座って線香をあげ、お鈴《りん》を打った。

ちーん。

薄暗く湿《しめ》った部屋に音がひびく。

「お恵《けい》、利兵衛殿に会ってきた。あといくらも経《た》たぬうちにおれもそっちに行く。待っててくれ」

死んだ妻の位牌に手を合わせて独《ひと》り言《ごと》をつぶやく。

金三郎は暗い台所に行くと、その朝の残りの里芋《さといも》と南瓜《かぼちゃ》の煮つけを鍋から丼に移して、酒の入った瓢《ひさご》を引き寄せた。そのまま茶碗酒をちびちびとやりはじめる。

ふうと、ひとつ息を吐き、継ぎのあたった腰高《こしだか》障子を眺めた。同じ長屋の者が奥の井戸端に行く影が映り、足音が遠ざかった。

利兵衛は三日後か四日後に、段取りをつけて乗り込むと言った。

「向島の寮か……」

金三郎は宙の一点を見てつぶやく。

妻のお恵を亡くしてから独り言が多くなった。

里芋を箸でつまんで口に入れ、酒を嘗めるように飲む。

「長いようで短い人生だった。まだ終わってはおらぬが、長くないのはたしかだ。それにしても、こういう縁もあるのだな」

金三郎は来し方に思いを馳《は》せた。それは昨年の夏だった。

妻のお恵はここ一年ほどで急に体が痩せ食も細くなった。医者に診てもらっても、とくにどこが悪いということでもなかった。

だが、お恵は喉が痞《つか》えたり、胃の腑《ふ》が差し込むことがあると言っていた。気休めに医者からもらった薬を飲んでもいっこうによくならない。

「病は気からと言う。寝てばかりではますます体が弱る。たまには歩いてみないか」

金三郎が誘うと、お恵はめずらしく、今日は具合がいいので遠出をしようと言った。どこがいいかと聞けば、

「富岡《とみがおか》八幡様にお詣《まい》りをして、お守りをいただきたいです。あそこはいろんな御《ご》利益《りやく》があると申します」

と、お恵はか細く笑った。

「よかろう」

金三郎はお恵を連れて深川《ふかがわ》に向かった。

暑い日であったが、じめじめした長屋で寝ているよりは気分がすぐれると、お恵

は嬉しそうに微笑んだ。

蟬《せみ》の声がかしましい炎天下の道はたしかに暑かったが、お恵の足取りに乱れはなかった。八幡宮の境内に入って参拝し、お守りを買い求めて深川の町で心太《ところてん》を食べて家路についたが、永代橋《えいたい》をわたる頃にお恵の足取りがおかしくなった。

金三郎は「大丈夫か」と何度も気遣ったが、お恵は弱々しい笑みを浮かべ、少し暑気《しょき》が強いだけだから気にしないでくれと言う。

しかし、永代橋をわたり近道をするために新川の河岸道に来たとき、お恵の体がふらつきそのまま這《は》うように倒れた。

「お恵、大丈夫か、しっかりしろ」

金三郎がお恵を抱えあげようとしたとき、声がかかった。

声の主《ぬし》は松村屋という立派な看板を掲げた店の前に立っていた男だった。

「お侍様、少し休んでいかれたらいかがです。奥様は具合が悪そうです。顔色もよくありません」

「いやいや、どうぞおかまいなく」

金三郎はそう言ってお恵に肩を貸して歩き出そうとしたが、お恵は体から力が抜けたようにずるずるとしゃがみ込んでしまった。

「お侍様、いけません。お休みになったほうがようございます」

「相すまぬ。では少しご厄介《やっかい》になろう」

金三郎はお恵を負ぶって店のなかに入ったが、声をかけてきた男は、店先は忙《せわ》しないので、ゆっくり休める奥の座敷がよいと気を遣ってくれた。そこは風通しがよく、手入れの行き届いた庭を眺めることができた。

声をかけてきたのは店の主で、松村屋徳兵衛といった。女中に冷や水を運ばせ、水に浸した手拭いまで持ってきてくれた。

半刻も休んでいれば、お恵の具合もよくなると思っていたが、金三郎の思いに反し、容態は悪化した。

徳兵衛が医者を呼び、お恵を診てもらうと、これはいけないということになった。お恵の体には黄疸《おうだん》が出ていて長くはもたないと言うのだ。

それを聞いた金三郎は青ざめた。まさか、そんなひどい病に冒されているとは思いもよらぬことだった。

とにかく、そのまま松村屋の厄介になるわけにはいかないので、金三郎がお恵を

負ぶって帰ろうとすると、

「いましばらく休んでいってください。そのほうが奥様のためだと思います。うちはご覧のように広いので、空いている部屋もあります。そちらで明日まで休んでみてはいかがでしょう」

と、徳兵衛に引き留められた。

お恵もいまは体がつらいので、甘えさせてもらいたいと弱々しい声で言う。

それからお恵の容態が落ち着くまで三日ばかり厄介になった。その間、お恵をこまめに介抱してくれたのは、お辰という若旦那の女房だった。自分もこの店の前で母親を助けてもらい、以来世話になり、そして徳兵衛の跡取りの嫁になったと話した。

母親はどうなったと聞けば、お辰は、この店で息を引き取ったと顔を曇らせた。

「だから、奥様には何としても元気になっていただきたいのです。きっとよくなります。治りますよ」

お辰はそう言って、金三郎を元気づけるように笑った。

お辰はお恵の枕許で同じようなことを言っては、勇気づけていた。その励《はげ》ましがよかったのか、また松村屋でよくしてもらったのがよかったのか、お恵は自宅長屋に帰ると少しずつ元気になった。飯を炊けるようになり、買い物にも出かけた。

金三郎はそのことにほっと胸を撫《な》で下ろし、源助町《げんすけちょう》の平野《ひらの》道場で師範代の仕事をつづけた。

しかし、お恵の体調が急変した。

それは年が明け、松の内が過ぎてしばらくしたときのことだった。今度は寝たきりになり、起きることすらままならなくなった。

それでも、月が変わって二月半ばまでお恵は生きていた。

息を引き取る前にお恵は言った。

「長々とお世話様でした。わたしは半年以上も長生きしました。ほんとうは去年の夏、富岡八幡様に詣ったときに、思い残すことはないと思ったのです。でも、ここまで生きてこれたのは、あの松村屋さんと店の方たちの親切があったからだと思います」

お恵はそんなことを、切れ切れにかすれ声でつぶやき、

「お前様、わたしの分まで長生きしてくださいませ」

と、言ったのが最後だった。

「お恵……」

行灯の芯がじじっと鳴り、表から下駄音が聞こえてきたことで、金三郎はふと我に返った。

そのまま酒の入った湯呑み茶碗を長々と見つめ、はあ、とため息を漏らし、松村屋に礼を言いに行ったときのことを思いだした。

それは、最愛の妻を亡くし、気持ちの整理がついた四月の末だった。あのときばかりは驚いた。あんな大きな商家がなくなっていたのだ。近所の者に声をかけ、その経緯《いきさつ》を聞いてさらに驚いた。

まさか、あんな親切をしてくれた松村屋が刃傷沙汰を起こしていたとは、信じられない思いだった。

しかし、松村屋の近くで番頭の利兵衛にばったり会い、話を聞いて納得した。

「お恵、おれは肚を括ってやることにした。それが終わったら、おまえのところへ行くよ。もうその日は近い」

金三郎は仏壇の位牌に顔を向けて話しかけると、残りの酒を飲みほした。

五

柳橋《やなぎばし》の料理屋の奥座敷で、利兵衛は松村屋の元奉公人だった伊兵衛《いへえ》と向かい合っていた。高足膳《たかあしぜん》には酢の物や煮物、そして鯛《たい》の塩焼きが載せられていた。

「番頭さんと、こんなにゆっくり酒が飲めるようになるとは思いもしませんでした」

伊兵衛は線の細い男で目立たない顔をしているが、芯《しん》のしっかりした男だった。いまは浅草茅町《かやちょう》の河内屋《かわち》という酒屋の手代をしているが、それは利兵衛の仲介によるものだった。

「まあ暇を持て余している身だ。それにもうはたらくには歳だしね。それで、どうだね」

利兵衛は手酌をしながら伊兵衛を見る。

「へえ、矢野屋さんに仕入れに行くたびに、それとなくあちらの奉公人と話をしております。弥兵衛さんはこのところ忙しいらしく店を出ていないようですが、二、三日うちに向島の寮に行くはずです」

「はっきりした日を知りたいが、それはわからないかね」

「明日にでも聞いてみますが、どうしてそんなことを……」

伊兵衛は怪訝《けげん》な顔を向けてくる。もちろん、利兵衛は自分たちの企みを話すことはできない。

「気になっているのだよ。だけど、このこと他言《たごん》しないでおくれ。じつは矢野屋さんに折り入って内密な相談があるのだ。どんなことかは言えないけど……」

「まあ長年お世話になった番頭さんのことですから誰にもしゃべりはしませんが、やはり気になりますよ」

「そのうちわかるだろうよ。それまでは、これで頼む」

利兵衛は口の前に人差し指を立て、

「まあ、おやりなさい」

と、伊兵衛に酌をしてやった。

「品川に行かれましたか？」

「この間、顔を出してきた。若旦那もおかみさんも達者だ。それに店も落ち着いてきたようだ。店がうまく行くのは、あの若旦那の人柄だろう」

「若旦那もとんだ苦労をすることになりましたね。手代の米吉さんもお元気で？」

伊兵衛は米吉より五、六年遅れて松村屋に入ってきた。そのために米吉の指導を多く受けている。

「元気にやっているよ。あれは生真面目な男だし、商売にもそつがない。若旦那も米吉がいるから安心されているはずだ」

「それは何よりです。わたしも暇を見て会いに行こうと思います」

「きっと喜ぶよ」

「それにしても因果《いんが》なことです。旦那様に襲われた矢野屋さんに出入りすることになるとは、思いもしないことでした」

「それはしかたないことだ。河内屋さんは松村屋を贔屓《ひいき》にしていたが、松村屋があなったのだからね」

「松村屋の廃業が決まると、すぐに矢野屋の番頭が河内屋に来て、うちから仕入れてくれないかと頼んだそうです。河内屋の旦那様も仕入れ先を失ったばかりだったので、引き受けたようですが……」

「矢野屋の商売熱心は昔からのことだ。それにしても……」

厚かましいという言葉を、利兵衛は喉元で呑み込んだ。

「番頭さん、お体は大丈夫ですか？」

「わたしは至って元気だ。女房はひ弱な女だったが、その分わたしが元気でいられるんだろう。それから伊兵衛や、もうわたしは番頭ではない。番頭と呼ぶのはやめておくれ」

「そうおっしゃっても、わたしにとっては番頭さんは番頭さんですから」

伊兵衛はひょいと首をすくめ酒を飲んだ。

「まあどうでもいいけど、さっきのことお願いするよ。こんなことを頼めるのはおまえさんだけだからね」

「へえ、明日も矢野屋さんに仕入れに行きますんで、ちょいと伺っておきましょう」

「変に疑われないように頼みますよ」

「その辺はご心配なく」

伊兵衛はまかせてくれと言わんばかりの顔で盃《さかずき》を口に運んだ。

「あまり遅くなるといけないのではないか？」

「いまは通いなので心配いりません」

「でも、そろそろお開きにしよう。少し酔いがまわってきた。帰る途中で転んだりしたら目もあてられないからね」

それからしばらくして利兵衛と伊兵衛は店を出て、表で右と左に別れた。

利兵衛は提灯《ちょうちん》で足許を照らしながら、ゆっくり家路を辿った。夜風は冷たくなっていたが、ほろ酔いの体にはいい具合だった。

（ひょっとすると、明日にははっきりするかもしれない）

胸のうちでつぶやく利兵衛は、いまは亡き徳兵衛の顔を脳裏に浮かべ、

「旦那様、敵《かたき》はやはり取らなければなりませんでしょう。いましばらくお待ちください」

と、ぼそぼそとつぶやいた。

「わたしも近いうちにそちらにまいりますので……」

利兵衛は薄い雲の向こうに浮かぶ、ぼんやりした月を眺めながら歩いた。

六

その朝、伝次郎は与茂七と粂吉に品川の松村屋を見張るように指図すると、ゆっくりと川口町の自宅を出た。

行き先は箱崎町《はこざきちょう》二丁目にある、利兵衛の長屋だ。

利兵衛の住居がはっきりわかったのは、昨夜のことだった。利兵衛は松村屋の番頭ですでに隠居をしているらしいが、品川の松村屋に足繁《しげ》く通っているという。

何の用があってのことかわからないが、番頭は店の主の右腕となってはたらく男だ。それに、松村屋が廃業になったあと、奉公人たちの世話を一手に引き受けて働き口を世話している。

伝次郎の勘であるが、刃傷沙汰を起こした松村屋徳兵衛と利兵衛は強い繋《つな》がりと信頼があっただろうし、徳兵衛が矢野屋に抱いていた〝真の遺恨〟を知っていてもふしぎではない。

利兵衛は齢五十半ばで、二年前に女房を亡くしている。長男はとうの昔に早世し、ひとり娘も嫁ぎ先で病死している。

住まいは箱崎町二丁目の彦兵衛店《ひこべえだな》だった。二階のある長屋で、その二階の物干しに足袋と手拭いが干してあった。

伝次郎は一度長屋のなかに入り、利兵衛が在宅しているかどうかをたしかめた。表戸は閉められていたが、人の気配があったので、利兵衛が家にいるのはわかった。

長屋を出た伝次郎は長屋の入り口を見通せる茶屋の床几に座り、そこで見張りを開始した。利兵衛は白髪で身丈《みたけ》が高いらしいので、出てくればすぐにわかるはずだ。

初冬の空は雲が多く、どことなく寒々しい。救いは風が穏やかなことだ。すぐそばを野良猫がのったりと歩き去り、一方の角から魚屋の棒手振《ぼてふり》があらわれ、目の前を通り過ぎた。

利兵衛の長屋からおかみが出てきて、一方に歩き去れば、同じ木戸口に入って行くおかみもいる。大方の亭主連中は出払っているだろうから、長屋に残っているのは隠居した年寄りか女房たちだ。

利兵衛とおぼしき男が出てきたのは、伝次郎が茶屋に居座って小半刻《こはんとき》（三十分）もたたないときだった。

「ちょいと教えてくれるか。いま、あの長屋を出ていった男を知っているかね？」

伝次郎は店の年増女に訊ねた。

店の女は利兵衛らしき白髪の男の、後ろ姿をちらりと眺めただけで、

「あの人は利兵衛さんとおっしゃいますよ」

と、すぐに答えた。

「何かあるんですか？」

店の女は怪訝な顔で聞いてくる。

「いや、何もない。やけに品のある年寄りだから気になったんだ。いい歳の取り方をしているね」

「新川の大きな酒問屋の番頭さんだったんですよ。店が潰れちまったんで、いまは隠居暮らしをされているんです。気のいい人で、その辺の店の人と違って礼儀正しいんです」

「ほう、いろいろ知っているね」

伝次郎は茶に口をつけて、店の女を見る。

「おかみさんを二年前だったか亡くされたんですけど、そのおかみさんも品のある

人でしたよ。お茶、差し替えましょうか」

「おお、頼む」

店の女はすぐに茶を差し替えてくれた。

「あの年寄り、大きな酒問屋の番頭だと言ったね。それが潰れてしまったのか？」

「へえ、大きな声じゃ言えませんが、店の旦那が刃傷沙汰を起こしたんです。それで身代《しんだい》はパーです。利兵衛さんもそれで隠居されたんです。番頭だったから相当貯《た》め込んでいるんじゃないかしら。まあ、人の懐を気にしたってしょうがないけど……」

コロコロと太った女はおしゃべりだ。着流しに普段着の羽織姿の伝次郎を、暇な侍と思っているようだ。

「店の主が刃傷沙汰を……そりゃあよほどのことだったのだろうな」

「よくわかりませんけど、気の短い旦那だったのかもしれません。そうでなきゃ人を斬りつけたりなんかしないでしょう。きっと癇癪《かんしゃく》持ちだったんですよ。あ、はーい」

よくしゃべる女は奥から声をかけられて立ち去った。

利兵衛は買い物に行ったらしく、すぐに戻ってきて長屋のなかに消えた。今度ははっきりと顔を覚えることができた。

伝次郎は顔を見るだけでよいと考えていたが、もう少し様子を見るために場所を移した。ところが、見張るほどもなく利兵衛が長屋を出てきた。

白髪に長身の利兵衛は矍鑠《かくしやく》としている。長年松村屋の番頭を務めたせいか、顔見知りに出会ったときに会釈する物腰はやわらかく嫌味《いやみ》がない。

自宅長屋を出た利兵衛は湊《みなと》橋をわたって霊岸島へ入った。どこへ行くのだろうかと、伝次郎は十分な距離を取って尾《つ》けた。浜町《はまちよう》を抜け、そこから二ノ橋のほうへ曲がると、再度右に折れて四日市町の酒問屋街に足を運んだ。

かつて松村屋があった通りである。利兵衛の足は緩まなかったが、かつて松村屋があった近くに来ると少しだけ歩速が落ちた。

そこにかつての松村屋はなく、大野《おおの》屋という素麺問屋と山本屋という瀬戸物問屋二つが入っている。

二つの店は新しいので、看板も近所のものより真新しい。

山本屋は瀬戸物問屋で、その店は矢野屋の親戚の者が営んでいる。

奇《く》しくも、松村屋徳兵衛の倅が品川に開いた店も瀬戸物屋だ。何かの因果だろうかと、伝次郎は勝手に考える。

利兵衛は四日市町を離れると、再び湊橋をわたり、今度は小網町を素通りして、通旅籠町《とおりはたごちょう》を右に折れまっすぐ進んだ。

迷いのない足取りは目的の地があるからに違いない。さらに両国広小路《りょうごく》の雑踏を避け、浅草橋《あさくさ》をわたった。

どこへ行くのだろうかと伝次郎が思っていると、利兵衛は急に足を止めた。浅草茅町一丁目だった。そして、利兵衛の視線は一軒の酒屋に注がれた。看板に河内屋とある。

利兵衛はその店の前を二度往復したのち、店から出てきた若い小僧をつかまえると短く言葉を交わした。小僧が店に引っ込むと、入れ替わるように別の男が出てきた。身なりから察するに手代のようだ。

利兵衛は店から少し離れたところで、その男とやはり短く言葉を交わした。利兵衛がうなずいて何かを言えば、手代ふうの男は腰を折って頭を下げた。

何でもないことのようだが、伝次郎は河内屋の男の顔を脳裏に刻みつけた。

その後、利兵衛は柳橋のそばで猪牙舟《ちょきぶね》を仕立てた。

(どこへ行くのだ)

伝次郎は利兵衛の乗った猪牙舟を見送ると、すぐに自分も別の猪牙舟を見つけて、

「船頭、あの先を行く舟を追ってくれ」

と、言いつけた。

大川は波穏やかだった。海が満潮らしく水量も豊かだ。日の光を照り返す水面《みなも》が銀鱗のように光っている。

「船頭、急がなくていい」

伝次郎は櫓《ろ》を使う船頭に注意した。利兵衛の猪牙舟に追いつこうとしていたからだ。

「何かあるんでござんすか……」

船頭が櫓を漕ぎながら聞いてくる。

「何でもない」

余計なことは聞かれたくないし、余計な話もしたくない。

それでも伝次郎は船頭の棹捌《さおさば》きや櫓の使い方に感心していた。舟を安定させて遡《そ》

上《じょう》させている。歳は三十半ばだろうが、腕のいい船頭だ。二の腕と胸板に隆《りゅう》とした筋肉がついていた。

利兵衛が行ったのは向島だった。竹屋《たけや》の渡《わたし》の舟着場で降りて、墨堤《ぼくてい》をあがって三囲稲荷《みめぐりいなり》の東へ足を運んだ。

この辺は百姓家《ひゃくしょうや》の他に、金持ちの商家や旗本《はたもと》などの寮が点在している。町屋と違い人が極端に少なくなるので尾行には神経を使った。

利兵衛は一軒の寮らしき屋敷をひとめぐりし、屋敷のなかに注意の目を向け、さらにあたりを観察するように見ると、そのまま墨堤に後戻りした。帰りは舟ではなく歩きである。

（いったい何をしに来たのだ）

伝次郎は遠くに歩き去る利兵衛の背中を眺めながら、胸中でつぶやいた。

第三章　尾行

一

「粂さん、何も変わったことはないですね。店先で昼寝している猫を眺めているようなもんですよ」

見張りに飽きた与茂七は愚痴をこぼす。

「おまえは辛抱《しんぼう》が足りん。おれは長年、町方の旦那連中の手先を務めてきたが、見張りってぇのは辛抱だ。一日中見張っていても、なにも起こらないことはしょっちゅうだ。それでも我慢強く見張っていると手柄に繋がることがある」

「御番所の旦那ってぇのは大変な御役ですね」

与茂七は両手を上げて大きな欠伸《あくび》をした。

二人は北品川宿にある松村屋を朝早くから見張っているのだった。いまは一膳飯《いちぜんめし》屋《や》の隅に座っているが、その前は茶屋を二軒はしごしていた。近所での聞き込みでも、とくにこれといったことは耳にしなかった。

「松村屋の商いを眺めているだけだと、やっぱり飽きが来ませんか……」

与茂七は手持ち無沙汰《ぶさた》すぎてぼやく。

「飽きたら見張りにならねえだろう」

「ま、そうですが……河岸を変えますか」

与茂七はそう言ったあとで、目をみはった。

ひとりの浪人風の侍が松村屋の表にあらわれ、暖簾越しに店のなかをのぞいたと思ったら、裏にまわったのだ。

「粂さん、いまのが丸橋金三郎という浪人です」

「顔は見た」

「どうします？」

粂吉は短く考えてから、

「よし、あの店の裏にまわって様子を見てこい」

と、指図した。

与茂七は飯屋を出ると、松村屋の裏にまわって勝手口を見たが、もう丸橋金三郎の姿はなかった。おそらく店のなかに入ったのだ。裏の戸は閉められている。

どうしようかと躊躇《ためら》ったのち、裏の勝手口に近づいて聞き耳を立てた。やり取りをする声は聞こえてくるが、何を話しているのか中身まではわからない。

(ちくしょう、もうちょいと大きな声でしゃべりやがれ)

胸中でぼやき、もっと近づこうとしても、勝手口に行って耳をつけるわけにはいかない。裏路地をときどき人が通るからあやしまれてしまう。

それに、突然裏の戸が開いたら逃げる余裕はないだろう。そのくらいは、与茂七も気をまわす。

しかたなく後戻りして、勝手口を見張れる角口で様子を見ることにした。そこは小さな薪炭屋《しんたんや》の軒下で、うまく身を隠すことができた。

丸橋金三郎は小半刻ほどして、裏の勝手口から出てきたが、あとから主の勘次郎も出てきて、「丸橋さん」と呼び止めた。

金三郎は少し後戻りをして、勘次郎と何やらやり取りしている。何を話しているのか与茂七にはわからない。話はすぐに終わったらしく、勘次郎が頭を下げて金三郎を見送った。

与茂七はそっぽを向き、表通りに出てきた金三郎をやり過ごした。気配が消えたので振り返ると、金三郎はさっきやってきた大木戸のほうへ引き返していた。

「粂さん、あの浪人、帰っていっちまいました」

急いで見張り場に戻った与茂七は粂吉に告げた。

「何をしに来たんだ？」

「わかりません。主の勘次郎と何か話してましたが、聞くことはできませんで……。どうします？」

粂吉は松村屋に目を注ぎながら思案したあとで、与茂七に顔を向けた。

「あの浪人がどこへ行くか気になるな。尾けてくれるか」

「それじゃ、どこで待ち合わせします？　またこっちに戻ってこれるかどうかわからないんで……」

「六つ（午後六時）頃に旦那の家でどうだ」

「承知です。では……」

与茂七は急いで飯屋を飛び出すと、丸橋金三郎に追いつくために足を急がせた。

金三郎の広い背中がはっきり見えるようになったのは、御殿山の上り口にあたる大横町《おおよこちょう》を過ぎたあたりだった。

金三郎はゆったりした足取りで脇目も振らず歩いている。馬庭念流《まにわねんりゅう》の道場で師範代を務めているというだけあって、足の運びがいかにも剣術家らしい。

師範代というのだから、かなりの遣い手なのだろうなと、金三郎の背中を凝視する。大木戸を過ぎたとき、金三郎は立ち止まって暇を持て余している駕籠《かご》舁きを眺め、それからちらりと背後を振り返った。

与茂七は急に立ち止まったりはせず、そのまま金三郎が背中を向けるまで道の脇にある店に視線を逃がす。無用に近づいて気《け》取られてはならないと自分を戒める。

尾けている道は東海道である。田町に入ったところで、金三郎はまた立ち止まった。目の前にある履物《はきもの》屋を眺めていたと思ったら、また背後を振り返った。

与茂七は顔を伏せてそのまま歩きつづける。上目遣《うわめづか》いに金三郎を見ると、また歩き出したので、与茂七は少し距離を空けて尾けることにした。

金三郎は田町四丁目の元札《もとふだ》の辻《つじ》まで行くと、左の通りに入った。東海道からの分かれ道で、飯倉《いいくら》に繫がる通りだ。

(家に帰らないで、どこへ行くんだ)

内心でつぶやきながら与茂七はあとを尾けるが、しばらく行ったところで金三郎は左へ折れて姿が見えなくなった。

与茂七は足を急がせた。金三郎が折れた町の角を曲がるが、姿がなかった。

(どこへ行った)

立ち止まって道の先に目を向けながら、足を進めた。

「おい、若僧」

突然の声に、与茂七は「ひッ」と情けない声を漏らして立ち止まった。そのときには襟首《えりくび》をつかまれていた。

「話を聞かせてもらおう」

ドスの利いた低い声に与茂七は体を凍りつかせた。

二

そこは見知らぬ寺の参道口だった。

襟をつかまれていた与茂七は、山門に入ったところでどんと突き放された。ゴンと頭を灯籠《とうろう》にぶつけ、一瞬くらっとした。

金三郎は目にも止まらぬ鮮やかさで刀を抜くと、さっと与茂七の喉元に切っ先を突きつけた。

与茂七は息を呑み、凝然《ぎょうぜん》と金三郎を見た。殺されるかもしれないという恐怖で、喉が渇いた。

「きさま、大木戸のそばからおれを尾けていたな。何のために尾けたりする。言え、言うのだ」

「そ、そんな思い違いです。お、おれは……」

恐怖のためにうまく言葉が出てこない。

金三郎は太い眉を吊りあげ、眼光鋭くにらみつけてくる。蛇ににらまれた蛙《かえる》よろしく、与茂七は背中を石灯籠につけたまま身動きできない。

「思い違いではない。きさまは品川宿から尾けてきた。何のためだ？　言え」

冷たい刃先が首にあたった。

与茂七は小便をちびりそうになった。それでも、どうにかしてこの窮地《きゆうち》を逃れなければならないと、必死に考える。

「お、お侍が強そうだから、どんなお侍だろうと、ただそう思っただけです。お、おれは侍になりたいんで、強そうな人を見るとつい……」

「つい、なんだ？」

「へえ、知り合いになれないかと思っただけです」

金三郎は眉宇《びう》をひそめた。

「きさま、どこの何者だ？　名は何と言う？」

「あっしは船頭の見習です。ほんとうです。与茂七と申しやす」

与茂七は尻餅をついたまま踵《かかと》で地面を蹴り、突きつけられた刀から逃げようと下がるが、石灯籠が邪魔をしている。

「どこから尾けてきた？」

「大木戸のそばです」

金三郎は太い眉を上下させた。疑っている目だ。

「か、勘弁してください。もう尾けたりしません。後生《ごしょう》ですから、どうかお助けを……」

与茂七は泣きそうな顔をして、拝むように手を合わせた。

「物好きもほどほどにしておくのだ」

金三郎はそう言うと、刀をゆっくり引き、鞘《さや》に納めた。

「きさまみたいな青二才につきまとわれたくない。さっさと行け」

与茂七は金三郎を警戒しながらゆっくり立ちあがると、そのまま表の道に駆けた。心《しん》の臓《ぞう》がばくばく言っていた。金三郎が追ってきやしないかと、ときどき背後を見ながら足を急がせた。

ようやく生きた心地《ここち》がしたのは、東海道に出て芝橋をわたったときだった。斬られなくてよかったと、心の底から安堵し、大きく息を吸い込んで吐いた。

その頃、粂吉は松村屋を出た勘次郎を尾けていた。店にいるときの印半纏《しるしばんてん》ではなく、無紋の羽織姿だ。商売のためなのか、それとも誰かに会うためなのかはわからない。

勘次郎は店から少し行った先で駕籠を拾い、そのまま日本橋《にほんばし》のほうに向かった。条吉は駕籠のあとをつかず離れず追った。

金杉橋をわたった頃に日が大きく傾き、西の空がきれいな夕焼けになった。勘次郎の駕籠は京橋《きょうばし》から右へ折れ、それから楓川《もみじがわ》沿いの道を辿った。駕籠が止まったのは、江戸橋の手前だった。

勘次郎はそこから歩いて江戸橋をわたり、堀江町《ほりえちよう》三丁目の船宿に入った。親父《おやじ》橋のすぐそばにある「柏《かしわ》屋」という船宿だ。

条吉は店の前で躊躇ったが、船宿の客があがるのは二階座敷と相場が決まっている。二階を見あげると、白い障子に客の動く影があった。

条吉はそのまま柏屋に入り、二階座敷にあがった。勘次郎は奥にいた。近くに座るのはあやしまれるので、少し離れたところに腰を下ろし、やってきた女中に酒と適当な肴を注文した。

横目で勘次郎を盗むように見る。勘次郎は誰かを待っている様子で、暇を潰すように茶を飲んでいた。

条吉に女中が酒と肴を運んできたとき、ひとりの年寄りが座敷にあがってきて、そのまま勘次郎のそばに座った。背の高い白髪の年寄りだった。

客は他に二組いて、新たに若い男と女が条吉の近くに座った。勘次郎と白髪の男は深刻そうな顔で、何やら話をしていたが、それは長くはなかった。話が終わると、お互いに示し合わせたようにうなずき、勘次郎が先に二階座敷から出て行った。

(何を話したんだ? あの年寄りは何者だ?)

条吉は白髪の年寄りを盗むように見て、酒をちびちびやった。勘次郎はおそらく品川に帰るはずだ。だったら年寄りのことを知りたいと、条吉は思った。

その年寄りは勘次郎が二階座敷から消えて間もなく、同じように一階に下りていった。条吉はあとを尾けるために腰をあげた。

三

伝次郎は家に戻ってきた与茂七から話を聞いたところだった。

「命拾いをしたかもしれぬが、向後《こうご》気をつけることだ。とくに相手が侍なら油断は禁物《きんもつ》だ。練達《れんたつ》の者は背中にも目を持っていると思ったほうがよい」

「へえ、つくづくそう思いました。それで、旦那のほうは何かわかりましたか？」

「利兵衛という松村屋の元番頭のことが朧《おぼろ》気《げ》にわかっただけだ。何を考えているのか知らぬが、今日は向島へ行った」

「向島……そっちに何かあるんで？」

「一軒の寮をたしかめるように見ただけだ。その前に利兵衛は茅町にある河内屋という酒屋の奉公人に会っている。その男のことが気になる。与茂七、明日はその男のことを探ってくれ」

「名は何と言うんです？」

「わからぬ。見たところ手代風情だ。歳は三十には届いておらぬだろうが、中背で痩せた男だ」

「茅町のどの辺です？」

「浅草橋のすぐそばだ。行けば河内屋という看板はすぐ目につく」

「承知しました。相手が侍でないとわかると、なんだか安心できます。粂さん遅いですね。旦那、酒でもつけますか？」

与茂七は台所に立とうとしたが、伝次郎は制した。

「酒はよい。おれはそろそろ出かけなければならぬ」

「どちらへ？」

「矢野屋だ。今夜、主の弥兵衛が外出をすることになっている。どこへ行くのかわからぬが、ちょいと探りを入れたい」

伝次郎は昼間、矢野屋の前で立ち話をしていた奉公人同士の会話を聞いていた。その奉公人たちは、

——今夜、旦那はお出かけらしいよ。

——それなら、わたしらも軽くやりに行こうか。

と、そんな言葉を交わしていた。これを逃す手はないと、伝次郎はとっさに思ったのだ。

「おれも供《とも》をしてもいいですが……」

「ひとりで十分だ。それにしても粂吉は遅いな」

伝次郎がそう言って玄関のほうに目を向けたとき、表に足音がして、粂吉の訪《おとな》

う声が聞こえてきた。

「旦那、噂をすればなんとやらです」

与茂七がほくそ笑んで玄関に行き、条吉を連れてきた。

「ご苦労だな。何かわかったか？」

伝次郎は条吉の顔を見て問うた。

「松村屋にこれといったことはありませんが、夕方に主の勘次郎が駕籠で出かけたんであとを尾けてみました。行った先は堀江町の船宿でした。そこで白髪頭の品のいい年寄りと会って、すぐに別れただけです」

「もしやその年寄りは、新川の松村屋にいた利兵衛という元番頭かもしれぬ」

「なぜ、そのことを……」

条吉は少し驚き顔をして、言葉をついだ。

「あっしもその年寄りを尾けて知ったばかりです。それじゃ旦那のほうが先に調べをやっていたってことですね」

「すると、利兵衛は今日一日、尾けられっぱなしだったようだな」

伝次郎は苦笑を漏らして、利兵衛を尾けたことをざっと話した。

「向島の寮ですか？　何のために行ったんでしょう……」

「明日はあの寮を調べに行く。それからおれはそろそろ出かける。おまえたちはゆっくり酒でも飲んで今日の疲れを癒やすとよい。与茂七、千草の作り置きがあるから適当にやっておれ」

伝次郎は腰をあげると、着流しに無紋の羽織を引っかけて家を出た。

矢野屋弥兵衛は大きな商家の主である。今夜どこへ出かけるのかわからないが、安い居酒屋ではないはずだ。そのことを予測した伝次郎は、常より金の入った財布を懐に入れていた。

表はすでに夜の帳が下りていた。昼商いの商家は店仕舞いに慌《あわ》ただしく、大戸を閉めているところもあった。代わりに夜商いの居酒屋や料理屋のあかりがついていた。

伝次郎が銀町一丁目にある矢野屋の近くに行ったとき、大戸が閉められたところだった。そのまま近くの商家の軒下に身をひそめ、表戸を見張った。大戸は閉められているが、脇の潜《くぐ》り戸《ど》からあかりがこぼれている。

日が落ちると急に風が冷たくなったので、伝次郎は両手をすり合わせた。店の小僧が潜り戸から出てきて、一方の蔵へ行って、また店のなかに消えた。それからしばらくして、矢野屋弥兵衛が表にあらわれた。巾着《きんちゃく》を提《さ》げ、片手に提灯を持っている。

ひとりで出かけるようだ。還暦を過ぎたばかりの男で、頭髪が薄くなっているのが遠目にもわかる。昼間、弥兵衛の顔はたしかめていたので、間違うことはなかった。

弥兵衛が店を離れると、伝次郎は商家の暗がりから通りに出て尾けはじめた。湊橋、崩橋《くずれ》とわたり、小網町の通りに出た。

弥兵衛が行ったのは、小網町三丁目にある料理屋だった。さほど高い店ではない。伝次郎も何度か立ち寄ったことのある店だ。もっとも、それはずいぶん昔のことだ。

店は広座敷を区切った入れ込みだけで、小座敷はなかったと記憶している。店が改築されていればわからないが、佇《たたず》まいからしておそらく昔のままのはずだ。

弥兵衛が店のなかに消えると、少し間を置いて伝次郎も暖簾をくぐった。

女中は替わっていたが、店のなかは昔のままだった。伝次郎は目敏《めざと》く弥兵衛を見つけた。鶯《うぐいす》色の羽織を着た中肉中背の男から酌を受けているところだった。

伝次郎は近くに腰を下ろし、二人に背を向けて、やってきた女中に酒と肴を注文した。肴は蛸《たこ》の煮つけ。長居をするつもりはないので、それで十分だ。

背後にいる弥兵衛ともうひとりの男の話に聞き耳を立て、運ばれてきた酒を手酌でゆっくりやる。

店は十八畳の座敷を三つに区切ってあるが、間仕切りの襖《ふすま》は開け放されていた。六組の客がいたが、伝次郎のあとから三人組がやってきて、奥の座敷に腰を下ろした。

客の声と店の者の声が交錯《こうさく》しているが、伝次郎の背後にいる二人の話し声は聞くことができた。

「ようやくひと息ついたので、しばらく休むことにします」

弥兵衛の声だ。

「それじゃ、寮にでも行かれますか。それとも家でのんびりと……」

「家にいたら店のことが気になって気が休まりません」

「よくわかります。わたしも少しは休みたいところですが、片づけなければならない仕事が溜まっていますので、そういうわけにもまいりません」

「鹿島屋さんは商売の道が立ったようでございますな」

「それもこれも矢野屋さんのおかげです。仲間に入れてもらったおかげで、思いの外《ほか》忙しくなりました」

どうやら弥兵衛の相手は、松村屋のあとに入った問屋仲間の鹿島屋らしい。

「それは鹿島屋さんが精を出されているからです。これからもっと忙しくなると思いますよ」

「まったくありがたいことです。それに今年の酒の出来は上々吉《じようじようきち》です。下り酒と一口に言ってもいろいろございますからね」

「そうは言ってもいまは灘《なだ》ものがほとんどです。昔は伊丹《いたみ》と池田《いけだ》の酒が幅を利かせていましたが、年とともに酒の中身も変わっていきます。造り酒屋があれこれ工夫を凝《こ》らしているんでしょうが……」

しばらく二人は商売について話し合っていたが、そのうち身内のことや世間話になり、また商売の話に戻った。

酒が進むうちに、弥兵衛は権高《けんだか》な物言いをするようになった。

「あんたも一度は上方《かみがた》に行ったほうがよいよ。手紙のやり取りだけでは、気持ちが通じ合わない。向こうの職人らの仕事ぶりを見て、話をするのは大事なことだ」

「鹿島屋さん」から「あんた」と呼ぶようにもなった。

「やはりそうでしょうね。顔見せに行くべきでございますね」

「早く行ったほうがよいね。おう、そうそう、この店の主を紹介しておこう。あんたの店にも近いから贔屓《ひいき》にしてやれば喜びますよ」

弥兵衛はそう言ってそばを通りかかった女中を呼び止め、主の長兵衛《ちょうべえ》を呼んでこいと頭ごなしに言いつけた。

「わたしゃ新川の弥兵衛だ。そういえばわかる」

女中がぺこぺこしながら板場に戻ると、前垂れを外しながら長兵衛という主が腰を低くしてやってきた。

「おう、長兵衛。この人は新しく酒問屋仲間に入った鹿島屋の房次郎さんだ。店も近いから、今度から得意になってくれるそうだ」

「そうでございますか。鹿島屋さんとおっしゃると、すぐ隣町でございますね。どうぞご贔屓にお願いいたします。矢野屋さんには昔からお世話になっておりまして……」

「なにも世話なんかしちゃいねえさ。ここに来て金を使うだけ使っているだけだろう」

弥兵衛はそう言って、ワハハと大きな声で笑い、

「たまにはわたしが膝をたたいて驚くような料理を出してくれねえか。いつも同じじゃ飽きがくるだろう。あんたも一人前の板前だ。そこんとこ頼むよ」

と、偉そうな口を利く。

へえへえと長兵衛は恐縮し、ゆっくりしていってくださいと言って板場に戻った。

伝次郎は聞き耳を立てたまま嘗めるように酒を飲んでいるが、ふんと、鼻で笑った。弥兵衛というのは、どうにも食えない高慢ちきのようだ。

「それで矢野屋さん、しばらく休むようなことをおっしゃいましたが……」

少し世間話をしたあとで、鹿島屋が訊ねた。

「ああ、明日は用があるから、その翌《あく》る日から向島の寮でゆっくり骨休めだ。たまにはそうしないとわたしも歳だからね。それにこれがうるさくてなあ」

ヒヒヒと、弥兵衛は下卑《げび》た笑いを漏らした。「これ」というのは女のことだろう。おそらく妾《めかけ》を囲っているのだ。

「羨《うらや》ましゅうございます。わたしも矢野屋さんみたいになりたいものです」

「何を言っている。あんたはまだ若いんだ。身を粉《こ》にしてはたらかなきゃならん。わたしが若い頃は、そりゃあ寝る間も惜しんではたらいたもんだ。さあ、やりなさい」

「いやいやもう結構です。大分《だいぶ》いただきましたので」

「なんだなんだ。河岸を変えて芸者を呼べる店に行こうと思っているのに。まだ夜は早い。殺生《せっしょう》なこと言わずに付き合いなさい」

「ま、それじゃお供させていただきます。ああ、ここは結構でございます。わたしにまかせてくださいまし」

それから間もなくして、矢野屋弥兵衛と鹿島屋房次郎は店を出て行った。

四

「おっかさん、明日はおとっつぁんの墓参りに行きませんか」

勘次郎は一度寝間に入ったが、茶の間で縫い物をしている母親のおようのそばに行って腰を下ろした。

「墓参り……急にどうしたんだい？」

「ようやく一段落できたことだし、明日は天気もよさそうです。これからは寒さが厳しくなりますし、暮れになるとまた忙しくなるでしょう。暇なときに参りたいと思い立ったのです」

おようが針仕事の手を止めて、やんわりと微笑んだ。

「そうね。まいりましょうか。たまにはわたしも遠出をしたくなりましたし、ついでに日本橋あたりまで足を延ばして買い物をするのもいいわね」

「では、そうしましょう。増上寺《ぞうじょうじ》の紅葉《もみじ》も見頃だと思います」

「それも楽しみだわね」

「昼前に出かけることにしましょうか」

「いいわよ」

勘次郎はうんとうなずいて、丸火鉢の上にのっている鉄瓶に手を伸ばして茶を淹《い》れた。

「今日はずいぶん遅くまで起きているじゃない」

「なんだか眠れないのです」

「茶なんか飲んだらますます眠れなくなるわよ」

「平気ですよ」

勘次郎はそう言って茶を口に運んだ。おようは着物の袖口《そでぐち》を縫って補強していた。ときどき針で髪を梳《す》くようにして縫いつづける。

勘次郎は行灯のあかりを受ける母親の横顔を眺めた。おっかさんも歳を取ったと思った。色白の顔に隠すことのできない小じわが増えている。小さなしみも見られる。

はあ、と勘次郎は小さなため息を漏らした。

「どうしたのさ」

おようが怪訝そうな顔を向けてきた。

「思い出すのさ、おとっつぁんのことを……生きていてくれたらよかったと」

「そりゃわたしだって思うけど、もうどうしようもないだろう」

「そうですね」

勘次郎は湯呑みに視線を落とした。

父・徳兵衛が中追放の裁きを受けたのは、三月末のことだった。

店をたたむ前に、徳兵衛は茂作《もさく》という古い使用人をひとりだけ連れて、相模国《さがみのくに》は鎌倉《かまくら》にある材木座《ざいもくざ》という小さな村に向かった。そこが徳兵衛の終《つい》の棲家《すみか》になった。

店の前で徳兵衛は奉公人たちの見送りを受け、小さく頭を下げ、何も言わずに旅立った。手荷物は少なかった。

勘次郎は供をする茂作に、頼むよと声をかけた。茂作が「はい」と悲しそうな目をして頭を下げると、見届け人として付き従う町奉行所の同心に、それではまいろうと促され、そのまま江戸を去って行った。

母親のおようは唇を嚙みしめて泣いていた。勘次郎も目に涙を溜めて父・徳兵衛の背中を見送った。奉公人たちもすすり泣いていた。

「おとっつぁん、すぐに会いに行きます」

勘次郎は涙を堪《こら》えて声をかけたが、徳兵衛はなにも返事をせず町の角に消えていった。

中追放は、日本橋から十里四方に立ち入ることを禁じられている。

徳兵衛が選んだのは、相模国鎌倉だった。奉公人のなかに鎌倉から来た者がいて、その話を聞いての決断だった。

しかし、徳兵衛は旅立って八日後に閑居《かんきょ》先の鎌倉で首を吊って死んだ。遺体は大八車に載せられて戻ってきた。暑い日だったので、すぐ荼毘《だび》に付し、増上寺の子院である菩提寺《ぼだいじ》の浄蓮院《じょうれんいん》に葬った。

「あのとき、わたしもついていけばよかった」

およう の声で勘次郎は湯呑みに向けていた顔をあげた。

「そうすれば、あの人は死ななかったかもしれない。そう思ったことが何度あったかしら……」

「しかたありませんよ。あのときは店の始末をしなければならなかったのだし、おつかさんも何かと忙しかったのですから」

「でも、後悔しています」

「…………」

「明日、墓参りに行ったら、そのことを謝ろうかしら。いまさら遅すぎるけど……」

およう は か弱く笑った。

「お参りに行くだけで、おとっつぁんは喜びますよ」

「そうね。あそこには勘助も眠っているので、いま頃は勘助と楽しくやっているかもしれないわね」

勘助というのは長男だった。勘次郎とは五つ違いだったので、記憶は薄いが、それでも勘助に可愛がられたことはよく覚えている。

「勘次、勘次」と勘助は自分のことを呼んで、手を引いて新川に新酒が運ばれてくる一番船を見に行ったことを思い出す。

毎年のことだが、新酒の一番船がやってくるときは、新川はお祭りのように賑わう。今年はその賑わいを見ることができたが、来年はおそらく見に行けないだろう。下り酒の商売から手を引いたいまは、見に行っても詮無いことだ。

それに、自分も近いうちに、父親と兄のところに行くことになるだろう。そう思う勘次郎は、湯呑みを持つ手にゆっくり力を込めた。

「勘助が生きていたら、あなたはどうしていたかしらね」

おようが顔を向けてきた。

「きっと兄さんは立派な跡継ぎになっていたでしょうから、わたしはどこかの養子に入っていたでしょう」

「そんなことを考えてはいけないわね。いまが大事なのだから。ごめんよ、勘次郎」

勘次郎はゆっくり首を振って言った。

「謝ることなんかありませんよ。わたしはそろそろ寝ます。おっかさんも明日があるんですから、早く休んだほうがいいですよ」

「そうするわ」

五

伝次郎が家に戻って与茂七を相手に寝酒を飲んでいると、千草が帰って来た。

「遅くなりました」

「ご苦労だった。今夜はどうだった？」

伝次郎は千草に顔を向けた。

「それなりに忙しかったと言えばいいかしら。作り置きは召しあがりましたか？」

「ちゃんとおれの腹のなかに収まっていますよ」

与茂七が軽口をたたいた。

「それならよいわ。明日の朝の支度をしたいけど、わたしもちょっといただこうかしら」

千草は店の残り物を台所に置くと、茶の間にあがってきた。与茂七が盃をわたし、酌をしてやる。

「うーん、おいしい。仕事のあとの一杯は格別だわ」

千草は飲みほしてから微笑む。

「若い男の酌だからなおうまいでしょう」

「まあ、あんたも言うようになったわね。それならもう一杯いただいちゃいましょう」

千草は悪戯《いたずら》っぽく首をすくめ、与茂七に盃を差し出す。

「それで、お役目のほうはいかがなんです。もう片がつきましたか？」

千草は滅多に伝次郎の仕事に口を出さないが、気になっているらしい。

「そう易々《やすやす》とことは運ばぬさ」

伝次郎が答えれば、

「いまは様子見です。それで何もなければまた暇になります」

と、与茂七が言葉を添える。

「そうなればいいわね。少し遅いけど、茶漬けでも食べますか？」

「いただきます」

与茂七が即座に答えた。

伝次郎はもう十分だと遠慮する。

「では、与茂七とわたしの分を……」

千草はそう言って腰をあげようとしたが、何かを思い出した顔で座り直した。

「今日見えたお客の話に、矢野屋さんのことが出たんです。新川の酒問屋の人で、ここは店から少し離れているので、遠慮はいらないと言って、話をされていました」

「矢野屋の……どんなことだね？」

伝次郎は千草を見た。

「その方たち、話からすると銀町の鴻池屋さんの奉公人だったのですけど、散々矢野屋さんの悪口をおっしゃるんです。商売が汚いとか、威張《いば》りくさっているとか、あんな主なら早く隠居してもらったほうが問屋仲間のためだとか……」

「それは手代か番頭が言ったのかね？」

「おそらく手代だと思います。もう散々ですよ。何でも鴻池屋のご主人は寄合が近づくと気が重くなる。できるものなら行きたくないなどと愚痴をこぼされるようです。それも、寄合の席で矢野屋さんがいちいち口を挟み、一刻で終わるはずの寄合が半日もかかることがあるらしくて……まあ、あまりこんなことはよそに漏らさないほうがいいと思いますけど……。なんだか矢野屋さんて、そんな人らしいですわ。代わりに松村屋さんのことを残念がってらっしゃいました」

伝次郎は与茂七と顔を見合わせた。

「旦那が前に聞いたようなことじゃないですか」

伝次郎は小網町の料理屋で、矢野屋と鹿島屋の話に聞き耳を立てていたが、その感想を与茂七に話していた。

「どうも矢野屋弥兵衛というのは高慢ちきな爺《じじい》みたいですね。きっと問屋仲間からも嫌われているんでしょう」

与茂七は沢庵《たくあん》をつまんで言った。

「そういう人みたいね」

千草はそう言うと、茶漬けの支度にかかった。

「それで、明日は向島に行くんですね」

与茂七が顔を向けてくる。

「そのつもりだ」

「それじゃ、舟のほうはおれにまかせてください。しばらく乗っていないので、たまにはやりたいんです」

「そうしたければまかせる」

与茂七は操船が好きになっている。

「粂さんはどうします。連れていくんですか？」

「粂吉にはまた品川に行ってもらおう。様子見を怠《おこた》ったばかりに後悔したくはない」

伝次郎は空になったぐい呑みを見つめてしばらく考えた。

矢野屋弥兵衛は明後日から向島の寮に行く。利兵衛が見に行った寮なら、何か事が起きるかもしれない。その危惧《きぐ》は否めない。それに利兵衛は品川の松村屋にも通っているようだし、丸橋金三郎という浪人も松村屋を訪ねている。

松村屋が矢野屋を快く思っていないのはたしかだ。それに、浪人の丸橋が松村屋の勘次郎と会っているのも気になる。

「旦那、茅町の酒屋への探りは向島の帰りでもよござんすか」

「帰りでよいだろう。おれも付き合うつもりだ」

「旦那がいっしょだと心強いや。おかみさん、じつはおれ、今日殺されそうになったんです」

「与茂七、やめとけ」

伝次郎が窘《たしな》めても遅かった。千草は驚いたように振り返って、

「どういうこと？」

と、真顔を与茂七に向けた。

「品川の松村屋に出入りしている浪人がいるんです。そいつを尾けていたら、ばれちまいましてね」

与茂七はその顚末《てんまつ》を話した。

「殺されなくてよかったけれど、気をつけなさいよ。あなたも危ない仕事を押しつけないほうがよいのではありませんか」

伝次郎は、ほら来たと思った。

「考えているさ」

伝次郎はそう応じてから、余計なことを言うやつがあるかと、与茂七をにらんだ。

「すいません」

与茂七は盆《ぼん》の窪《くぼ》をかいて頭を下げたが、悪びれた顔ではなかった。

「さあ、おれは先に休もう」

立ちあがった伝次郎は、与茂七の頭をコツンとたたいて寝間に向かった。

六

「旦那、伝えてきました」

翌朝、伝次郎が猪牙舟を出す支度をしていると、条吉の家に行った与茂七が戻ってきた。

「よし。では、まいるか」

伝次郎は舫《もや》いをほどくと、猪牙舟のなかほどに腰を下ろした。与茂七が棹《さお》をつかんで艫《とも》に立ち、舟を出した。舟はすうっと川面を滑るように進む。

日は昇っているが雲に隠れており、川霧が立っていた。霧は河岸道を這《は》うように動いてもいる。遠くの景色が薄墨《うすずみ》色に霞《かす》んでいたが、大川に出た頃には霧が消え、雲から出てきた日が周囲の景色をはっきりさせた。

与茂七は棹から櫓に持ち替えて、流れに逆らって舟を進める。ぎぃぎぃと櫓が音を立て、水押《みよし》がゆっくり波をかき分ける。

「旦那、松村屋が徳兵衛の敵《かたき》を取ると、ほんとうに考えているんですか？」

与茂七が櫓を漕ぎながら聞いてくる。

「わからぬ。わからぬが、なんとも言えぬ」

正直な気持ちだった。

無駄なことをしているような気もする。だからといって中途半端な調べはできない。

「侍同士の因縁での敵討ちならわかりますが、相手は商人でしょ。それに、徳兵衛は弥兵衛に斬りつけて怪我をさせているんです。徳兵衛の恨みは、それで晴れたんじゃないですか」

「徳兵衛の身内はそう思っていないかもしれぬ」

「徳兵衛が自害したからですか……」

「与茂七、おまえが徳兵衛の身内だとしたらどう考える？　徳兵衛に恨まれていた弥兵衛は傷つけられたが、のうのうと生きている。商いも変わることなくやっている。されど、松村屋は廃業に追い込まれ、主の徳兵衛は裁きを受けた挙げ句、自らの命を絶った」

「徳兵衛を死に追いやったのは矢野屋弥兵衛。松村屋が廃業になったのも弥兵衛のせい。だから弥兵衛のことは許せねえ。そう考えるかもしれませんが、だからといって、また弥兵衛に仕打ちを与えれば、またてめえらが罰を受けることになります」

「たしかに、敵討ちは愚かなことだ」

伝次郎はつぶやきを漏らして、川面を眺めた。さっと動く魚の影があり、その少し先で魚が跳ねて、また水のなかにもぐった。

以前、奉行の筒井が言った言葉を思い出した。

――沢村、人の心はまことにわからぬ。誰しも心の奥底に、悪意と善意を持ち合わせている。どんな良人《りょうじん》であっても、何かのきっかけで悪の心が、善なる心を抑え込んで勝《まさ》ることがある。

伝次郎もあのときの言葉にはうなずいた。

奉行の筒井は数えきれぬほどの罪人を裁いている。伝次郎もいろんな罪人を詮議してきた。裁きを受ける者がすべからく悪人ではない。

矛盾するが、仕置きを受ける者が善であり、そうさせた者が真の悪党だったりもする。

「もし、お奉行の推量があたっていれば、松村屋は愚かなことをすることになるんです。そうではないですか」

与茂七がまた声をかけてきた。

「そうかもしれぬ。だから、万が一のことを考えているのだ」

「わからねえなぁ」

与茂七は舟をゆっくり遡上させる。

両国橋をくぐり抜け、百本杭《ひゃっぽんぐい》を横目に見て、御米蔵《おこめぐら》を過ぎる。雲が流されたのか、周囲の景色がさっきよりあかるくなった。材木舟が勢いよく下ってゆき、荷舟が何本もある御米蔵の堀川に入っていく。

吾妻《あずま》橋の下を抜けると、目的地の向島はすぐだ。墨堤《ぼくてい》には冬枯れの桜の木が何本も立っていて、残りわずかな枯れ葉をつけていた。

与茂七が竹屋の渡の舟着場に猪牙舟をつけると墨堤にあがり、それから三囲稲荷の東へ向かった。

松村屋の元番頭・利兵衛が様子を見に行った寮は、雨戸が閉め切られ、玄関の戸も閉まったままだった。人のいる気配はない。木戸門も閉まっていた。

「ここが矢野屋の寮かもしれぬ」

「番頭の利兵衛が下見に来たところですね。人はいないようですが……」

与茂七が屋敷をのぞき込んで言う。

たしかにそうだった。垣根越しに見える庭の手入れはされておらず、枯れ葉が溜まっている。

弥兵衛には妾がいるはずだ。弥兵衛は鹿島屋の主にそんな話をしていた。妾は他のところに住んでいて、弥兵衛がこの寮に来るときにやって来るのかもしれぬ。

「ここが矢野屋の寮かどうかたしかめよう」

伝次郎はそう言って、近くにある屋敷を眺めながら歩いた。広さも造りもまちまちだ。

いずれも大身《たいしん》旗本、あるいは金のある商家の寮と思われる。

利兵衛が観察するように見ていた寮はさほど広くなかった。敷地は百坪ほどだろう。このあたりの寮にしては小さかった。

「旦那、あの女に聞いてみましょう」

与茂七が一方の道から風呂敷包みを抱いて歩いてくる女に気づき、駆けていった。

「もし、ちょいと訊ねるが、酒問屋の矢野屋の寮がこの辺にあるらしいが、それはその角の先にある屋敷かい？」

聞かれた女は一瞬きょとんとして、与茂七から伝次郎に視線を向けてから、

「矢野屋さんの寮でしたら、そこではありませんよ」

と言った。四十に届くか届かないぐらいの年増だった。身なりから女中のようだ。

「じゃ、どこだい？」

女は一方に目を注ぎ、

「あそこに大きな欅《けやき》が二本立っていますね。あのお屋敷がそうです」

と、言った。

利兵衛が見に来た寮から一町（約一〇九メートル）ほど離れたところがそうだった。

「旦那、そうらしいです」

伝次郎と与茂七はその屋敷に足を運んだ。

庭の片隅に黄葉した欅が二本空に伸び、その近くには朱に染まった紅葉も見られた。

縁側の雨戸が開け放たれており、家のなかに人の影があった。屋敷は三百坪ほどありそうだ。

竹垣越しにのぞくと、玄関のそばでひとりの男が掃除をしていた。すると家のなかから、四十前後の女が姿を見せた。

「甚助《じんすけ》や、あとで薪《まき》を割っておいておくれ。それから台所の水が少ないから、そちらもお願いします」

そう指図する女は、納戸《なんど》色の鮫小紋《さめこもん》に黒の緞子《どんす》の帯を締めていた。門口のほうに視線を短く向けると、そのまま家のなかに引っ込んだ。

伝次郎は利兵衛がこの寮ではなく、近くの屋敷を見に行ったのが解《げ》せなかった。

「旦那、どうします?」

「もうよい。戻ろう」

「訪ねて何か聞くことはないんで……」

「いや、よい」

伝次郎はそのまま舟着場に足を向けた。

向島をあとにした伝次郎と与茂七は、一気に猪牙舟を下らせると、そのまま神田《かんだ》川に入り、柳橋の先にある舟着場に猪牙舟をつけた。

河岸道にあがると、伝次郎は茅町の河内屋という酒屋に与茂七を向かわせ、自分はその店を見張ることのできる茶屋の床几《しょうぎ》に腰を下ろした。

さっきまで晴れていた空が曇りはじめ、北風が吹きはじめていた。その分寒さが増した。道行く者たちは肩をすぼめ、足を急がせている。

河内屋の近くを数度往復した与茂七が、店から出てきた男に声をかけて向かい合って話しはじめた。相手は利兵衛と立ち話をしていた手代ふうの男だ。

与茂七はしばらくして戻ってきた。

「あれは伊兵衛という河内屋の手代ですが、元は松村屋にいた者でした。利兵衛の世話で河内屋に入ったそうで、ときどき利兵衛が顔を出すようです」

「酒はどこで仕入れているんだ。聞いたか？」

「矢野屋です。以前は松村屋だったらしいですが……」

伝次郎は一方に目を向けて考えた。利兵衛は矢野屋に探りを入れるために、伊兵衛を河内屋に世話したのかもしれない。

「旦那、それでどうします？」

「おれは品川に行ってみよう。松村屋勘次郎の顔も見ておきたい」

「で、おれは？」

「利兵衛の家を教える。家にいるかどうかわからぬが、見張ってくれ。出かけるようだったら、あとを尾けてどこへ行くのか調べてくれ。いなかったら利兵衛の帰りを待て」

その頃、粂吉は北品川宿の店を出た松村屋の勘次郎と、母親のおようのあとを追っていた。勘次郎とおようは物見遊山《ものみゆさん》でもするようなのんびりした足取りだった。

行ったのは増上寺大門に近い、浄蓮院という寺の墓地だった。

粂吉は墓地の入り口に身を隠して様子を窺《うかが》った。勘次郎とおようは、ある墓に花を供え線香をあげて手を合わせた。

二人はすぐにはその墓の前から離れず、短く話をしていた。何の話をしているのか、その声を拾うことはできない。やがて、二人は墓地を出て行った。

粂吉は急いで二人が手を合わせていた墓に行って、墓石に記してある名前を読んだ。真新しい徳兵衛という文字が墓石の裏に刻んであった。松村屋の墓だったのだ。

それだけをたしかめると、粂吉はまた急いで二人のあとを尾《つ》けた。しかし、変わった様子はなかった。

勘次郎とおようは、日本橋の目抜き通りである通町《とおりちょう》に足を運び、いくつかの店をまわり、買い物をして京橋へ引き返したところで、一挺《ちょう》の町駕籠《まちかご》を拾った。

駕籠にはおようが乗り、勘次郎はそばについて品川に後戻りした。

その二人が北品川宿にある松村屋に戻ったのは、八つ半（午後三時）過ぎのことだった。

条吉は再び松村屋を見張れる場所に立った。同じ場所ではあやしまれるので、見張り場所はいくつか変えている。勘次郎や店の者に知られた様子はない。

「条吉」

突然、声をかけられて条吉は心底驚いたが、それは伝次郎だった。

「旦那。いや、びっくりしました」

「変わったことはないか?」

条吉はその日のことを伝次郎に簡略に話した。

「墓参りか……」

「旦那のほうはどうです? 向島へ行ったんじゃありませんか」

「行ってきた。矢野屋の寮をたしかめただけだ。気になる動きはない」

「こっちもありませんで……」

伝次郎は通りを眺め、それから松村屋の斜向《はすむ》かいにある飯屋に条吉を誘った。

その飯屋に入ってすぐのことだ。

「利兵衛だ。いま店に入った」

伝次郎に教えられた粂吉は松村屋に目を向けた。利兵衛の姿はなかったが、しばらくすると、勘次郎といっしょに表に出てきた。

「旦那、出てきましたよ」

「うむ」

伝次郎と粂吉は、利兵衛と勘次郎を格子窓越しに眺めた。二人は立ち話をしていたが、それは長くなかった。話が終わると、二人はお互いに示し合わせたようにうなずき合い、利兵衛は東海道を引き返した。

「粂吉、利兵衛を尾けるのだ」

第四章　告白

一

　利兵衛を尾ける粂吉を見送った伝次郎は、見張り場を飯屋から松村屋の真向かいにある汁粉屋《しるこや》に移した。表の風が冷たくなっており、縄暖簾がときおり強く揺れ、表の道に土埃《つちぼこり》があがった。

　伝次郎は店のなかの縁台に腰を下ろし、ひと椀十六文《もん》の汁粉を注文したが、手をつけずに煙管をくゆらせている。店の行灯には「志るこ　正月屋《しょうがつや》」と書かれている。正月屋は汁粉屋の異称である。

　冷たい風のせいで松村屋の戸は閉められている。表に出してある平台に積まれた瀬戸物類が、ときおり差してくる日の光を照り返した。

煙管を灰吹きに打ちつけ、汁粉に手を伸ばしたとき、松村屋に三人の男たちが入っていった。いずれも客とは思えぬ柄《がら》の悪い男たちだった。

しばらくしてひとりの男が出てきた。つづいて主の松村屋勘次郎と米吉という手代、そのあとで二人の男が出てきた。勘次郎は肩幅の広い男と短くやり取りしたが、肩を突かれてよろけた。米吉が受け止めると、頬のこけた痩せた男がいきり立った声を発した。

「嘗めてんのか！」

その声ははっきり聞こえてきた。通りを歩いていた者たちが立ち止まり、隣の商家の男が息を呑んで男たちを見た。

「やだよ。また来てるよ」

汁粉屋の女房が気づいてつぶやき、板場のほうにいる主を見た。

「また来てるというのはどういうことだ？」

伝次郎は女房に声をかけた。

「品川の地廻《じまわ》りで、この辺の店を食いもんにしてんです。松村屋さんは新参だから難癖《なんくせ》つけてんでしょ。どうせみかじめ欲しさでしょうけど……」

伝次郎が松村屋の表に目を戻すと、米吉が頭を下げている。勘次郎は肩幅の広い男に何か言っているが、また胸を突かれて倒れた。さらに男は倒れた勘次郎を蹴って、しゃがみ込むなり胸ぐらをつかんで威嚇《いかく》している。

伝次郎は見ていられなくなり、汁粉屋を出た。女房が関わらないほうがいいと言ったが、伝次郎は通りを横切り、男たちのそばに立った。

「おい、何を揉めておる」

一斉に三人の男が顔を向けてきた。勘次郎の胸ぐらをつかんでいた男が、伝次郎を見て太い眉を動かしたが、不遜《ふそん》な顔で言葉を返した。

「お侍には関わりのねえことだ。おれたちの話し合いだ」

そう言って、あっちへ行けというふうに顎《あご》をしゃくった。

「乱暴はいけねえな。話し合いなら穏やかにやったらどうだ」

伝次郎は砕け口調で応じ、勘次郎を助け起こそうと近づいたが、その前に二人の男が立ち塞がった。

「お侍には関係ねえことだ。引っ込んでいやがれ」

痩せた男はすごむと同時に伝次郎の肩を突いた。だが、そうはならなかった。肩を突こうとした相手の腕を伝次郎がつかんだからだ。そのまま軽くひねった。

「乱暴はいけねえと言ってるんだ」

「いてて、放しやがれ」

「おれたちに盾突《たてつ》きゃ痛い目にあうぜ」

小太りが肩を揺すってすごむ。

「そうかい。なら放してやろう」

伝次郎は手をひねりあげた痩せた男を強く押した。勢いで小太りにぶつかり、二人は地に転んだ。

「野郎ッ！」

勘次郎の胸ぐらをつかんでいた男が立ちあがって、懐に呑んでいた匕首《あいくち》をかざした。

「そんなもん出したら怪我するぜ。どんな話し合いか知らねえが、往来で騒ぎを起こすことはねえだろう」

「野郎、利いたふうな口を……」

どうやら相手が侍でも恐れを知らぬ男たちのようだ。肩幅の広い男は、匕首をさっと振った。脅しだとわかる。伝次郎は警戒しながらも、勘次郎に声をかけた。

「ここの店の者らしいが、脅されていたんじゃないのか？」

「こちらの方の親分さんに挨拶《あいさつ》がないと言われただけです。そのうち行くつもりなので、安五郎《やすごろう》さん、どうか今日のところはお引き取り願えませんか」

勘次郎はそう言って、匕首を持っている肩幅の広い男に頭を下げた。匕首男は安五郎というらしい。

「おい、安五郎。この男はそう言ってるんだ。どうする？」

伝次郎は安五郎を強くにらみつけた。その眼光に恐れをなしたのか、安五郎は少し戸惑いながら口を引き結んだ。そのとき、小太りが殴りかかってきた。

伝次郎はとっさに身を引き、小太りの振りあげた手をつかむと、そのまま腰にのせて地面にたたきつけた。一瞬の早業《はやわざ》だった。

「あっ……」

安五郎が驚きの声を発した。伝次郎は間合いを詰めた。

「やりたけりゃ相手してやる。その代わり、きさまは無事にはすまぬ」

安五郎は恐れをなして後じさった。どうすると、伝次郎は半歩詰める。

「く、くそっ。おう、今日のところは引きあげだ」

安五郎は仲間に言うと、勘次郎に顔を向けた。

「とんだ邪魔が入っちまったが、挨拶に来ねえなら、なんべんでもこっちから挨拶に来るってこと忘れるな。わかったな」

勘次郎は「承知しています」と、低声《こごえ》で応じた。

安五郎はペッと唾を吐くと、伝次郎をひとにらみして、仲間の二人といっしょに立ち去った。

「とんだところをお助けいただき、ありがとうございます」

三人を見送った勘次郎が、伝次郎に顔を向けて頭を下げた。

「怪我はないか？」

「へえ、大丈夫でございます」

「やつら何もんだ？」

「品川の地廻りで、難癖をつけてみかじめを取ろうとしてるんです。一度払ってしまえば癖になるので断っているんですが、しつこい男たちで……」

勘次郎は弱り切った顔で言ってから、

「何もお礼できませんが、お茶でも召しあがっていかれませんか」

と、誘った。

二

「すると新川からこっちへ移って商売を。それにしても新川の下り酒問屋と言えば大店《おおだな》ではないか」

茶をもてなされた伝次郎は、勘次郎と帳場に座っている母親のおようを見た。

「いろいろとあるんでございます。あまり人には言えないことですけれど……」

およう は気まずそうに目を伏せる。

「いえ、じつはおとっつぁんが刃傷沙汰を起こしまして、それで店は潰れたんでございます」

「おまえ……」

勘次郎が告白したので、おようは慌《あわ》てたが、

「隠してもしかたないことだよ。それに沢村様は商売人ではないし、お助けいただいた人ではないか」

と、勘次郎は開き直ったことを言った。伝次郎はあらましを知っているが、知らぬふうを装う。

「刃傷沙汰とは、またずいぶんなことを……」

「それにはいろいろとわけがあるんでございますが、それはおとっつぁんがよくよく考えた末でのことでした。その詳しいことは言えませんので、どうかご勘弁を」

勘次郎は頭を下げる。

「まあ、商家にもいろいろ難しいことがあるのだろう。されど、奉公人たちはどうしたのだ？　新川の松村屋と言えば、大きな酒問屋だったはずだ」

「腕のいい番頭がいまして、食いはぐれないようにみんなを世話してくれました。店はなくなりましたが、行き場を失った者はいません。そのことが唯一の救いです」

「それは何よりだが、苦労をすることになったのではないか」

伝次郎は茶に口をつけて何気なく訊ねる。

「苦労は承知のうえです」

「大変だな」

伝次郎はさりげなく応じながらも、この母子が矢野屋をどう考えているかを知りたいと思う。

「親父殿が刃傷を起こしたと言ったが、相手はどうなったのだ？　まさか死んだというのではなかろう。いや、こんなことは聞かぬほうがよいな」

「商売敵でした。亭主は堪《た》えかねて短刀で斬りつけたんですが、相手は軽い怪我をしただけでした」

おようだった。

勘次郎が少し慌てた顔をしたが、およう は言葉をついだ。

「うちに落ち度は何もなかったんでございます。それなのに、うちの亭主を追い込んでいったんです。亭主は我慢強くて愚痴もこぼさない人でしたが、堪えに堪えた末のことだったのです。いま考えても悔しくてしかたありません」

「おっかさん、もう言わなくてもいいよ。沢村さんは迷惑なだけだ」

勘次郎が窘《たしな》めたが、およう の口は止まらない。

「いいじゃないか。おまえが最初にあの人の刃傷沙汰を口にしたんだよ。隠したってしようもないことだ。知っている人は知っているんだから」

「おかみ、無理に話すことはない」

伝次郎はやんわり窘めたが、そのことがかえっておようの口を軽くした。

「誰かにしゃべってしまいたい気持ちがあるんです。今日はこの子と亭主の墓参りに行ってきましたが、返す返すも悔しくてならなくなりました。亭主の商売敵は矢野屋という同じ新川の酒問屋なんですけど、肚に据えかねることをねちねちと散々やってきたんです。だからといって、いまさら矢野屋を恨むつもりはありませんけど、悔しさだけは忘れません」

「矢野屋は質《たち》が悪いのか」

「問屋仲間を仕切っていい気になっている口うるさい年寄りです。ここだけの話ですけど、寄合で決めた約束事を人に押しつける裏で、自分ではこっそり約束事を破っているんです」

「おっかさん、そんなことは言わなくていいよ」

また勘次郎が窘めた。

「だって、そうじゃないか。そんな噂をわたしは耳にしているんだ。おまえだって聞いているだろう」

「それはどんな噂なんだね？」

伝次郎は興味を持っておようを見る。勘次郎はあきれ顔をしてため息をついた。

「仲のいい問屋と裏で手を組んで締《し》め売《う》りをしたり、うちが手狭《てぜま》になったので空店《あきだな》を借りようとすると文句をつけに来たり、いろいろですよ」

「そんなことはしてはいけないのか？」

「寄合で決められたことです。それも矢野屋が先頭切って決めたことですよ。空店を借りるのは、うちの勝手なんです。それにいちゃもんめいたことを言ってきて、挙げ句、あとになって自分の店で借りたり、思い出すと腹が立ちます」

「締め売りってなんだね？」

「下ってきた酒が蔵にあるのに、仕入れが足りないと言ってわざと酒の値を吊りあげるんです。そんなことやっちゃいけないんですけど、善人面《づら》した裏でそんなことをやってるんです。犬だって平気で殺す男ですから……」

「犬……？」

「そうです。もうずいぶん昔のことですけど、この子の上にもうひとり、子がいたんです。長男ですけど、病気で死んでしまいました。その子が拾ってきた子犬を矢野屋がたたき殺したんです。この子は覚えていないでしょうけど、なんてひどい男だと思いました」

およはそのときの経緯を簡略に話した。

それは徳兵衛の長男・勘助が十歳のときだった。

勘助はやさしい子で、ある日、野良の子犬を拾ってきて家で飼いたいと言ったが、徳兵衛は商売屋で犬は飼えないと突き放した。

勘助は淋しそうな顔で犬を拾ったという広場に戻しに行ったが、その日から奉公人たちの残り物の飯を拾った犬に持って行っていた。

徳兵衛は気づいてはいたが、知らぬ顔をしていた。そして、数日後のことだった。

「タロがタロが……」

勘助が泣きながら外から戻ってきた。胸には例の野良の子犬が抱かれていた。口から血を流してその子犬は死んでいた。

「どうしたんだい？」

おようが聞くと、勘助は嗚咽《おえつ》しながら話した。

「おじさんに、矢野屋のおじさんに薪雑把《まきざっぱ》で殴られて殺された」

「どうしてそんなことに……」

おようは勘助と、勘助が抱いている犬を見た。

「おじさんの店の蔵に入って小便をしたんだ。それで……」

勘助は泣きながら殴り殺されたと話した。おようは何と言って慰めていいかわからなかったが、裏庭の隅に穴を掘って勘助がタロと名付けた子犬を埋めてやった。

それから半年後のことだった。勘助は流行病《はやりやまい》にかかりあっけなく死んでしまったが、今際《いまわ》の際《きわ》に譫言《うわごと》をつぶやいた。

「助けて、タロを助けて、タロを許して……」

それが勘助が最後に口にした言葉だった。

「あのとき、亭主はいいました。こんなに早く勘助が死ぬことがわかっていれば、あの子犬を飼ってやればよかったと。だからといって矢野屋に文句を言いに行くわけにいきません。子犬に罪はなかったでしょうが、清酒を扱う蔵のなかで犬に小便されれば誰だって怒りますからね」

「そんなことがあったのか……」

勘次郎は知らなかったらしく、驚き顔をしながら悔しそうに口を引き結んだ。

「あんたはまだ小さかったからね」

およう は勘次郎に慈しみの目を向けたあとで、伝次郎に顔を向けた。

「あら、いけない。沢村様、つい余計なことを話してしまいました」

「いや、よい話を聞かせてもらった。どれ、わたしはそろそろお暇《いとま》しよう。勘次郎、さっきの三人組はまた来るかもしれぬが、脅しに負けてはならぬ。ああいう手合いに甘い顔を見せるとすぐにつけあがる。ひどいようだったら訴えることだ」

「そのつもりでいます」

勘次郎はしっかりした顔でうなずいた。

伝次郎が表に出たときには、日が暮れかかっていた。

三

利兵衛の長屋を見張りつづけていた与茂七は、飽き飽きしていた。見張りについたとき、すでに利兵衛は家を出ていて留守だった。同じ長屋の者にそれとなくたしかめてわかったことだが、与茂七は辛抱強く利兵衛の帰りを待っていた。

しかし、いつまでたっても利兵衛は帰ってこない。日が西にまわり込んだと思ったら、あっという間に沈み、長屋には仕事に行っていた亭主連中が帰ってきた。

外に遊びに行っていた子供たちも、長屋に駆け戻り、家の前に出した七輪《しちりん》で魚を焼きはじめる女房がいる。使いに出る子供の姿もあり、手拭いを姉さん被りにした女房たちが、長屋の木戸口で立ち話をはじめた。

利兵衛は戻ってこない。あたりはだんだん暗くなり、寒さが厳しくなってきた。与茂七はもう見張りを切り上げようと思っていた。そして、日が暮れ前に見張り場にしていた茶屋に行くと、もう仕舞いですよと言われた。

ちっと舌打ちをした与茂七は道端に立ち、利兵衛の長屋に目を注ぎ、そしてくるっと踵《きびす》を返して戻ることにした。ここまで粘ったのだから、伝次郎に怒られることはないと思った。

だが、数間も歩かぬところで、町の角から白髪の背の高い男があらわれた。利兵衛だった。与茂七は目を合わせないようにして、利兵衛をやり過ごし、商家の軒先に立った。利兵衛はまっすぐ自分の長屋に消えた。

「ここにいたか」

ぽんと肩をたたかれた与茂七は、心の臓が飛び出るほど驚いた。

「なんだ、粂さん。びっくりするじゃないですか」

粂吉がにたついていた。

「そんな顔してやがる。ずっと見張っていたのか？」

「旦那に言われましたから。朝出かけたきり戻ってこないんで、もう帰ろうと思っていたんです。そこへ、利兵衛が戻ってきたんで……何でこんなとこにいるんです？」

「利兵衛は品川の松村屋に行ったんだ。それで勘次郎と何やら話をして引き返したんで、そのまま尾《つ》けてきただけだ」

「旦那は?」

「松村屋を見張っている。もう切りあげて戻っているかもしれねえが……」

「で、利兵衛のことが何かわかりましたか?」

「いや。たいした動きはない。松村屋に行くと、その足で引き返し、茅町の河内屋という酒屋に立ち寄り、そのあとで新川の近江屋という下り酒問屋で長話をしていた。相手は近江屋の番頭と新右衛門という主だ。まわりに手代や奉公人もいたんで、おそらく世間話しかしていないはずだ」

「茅町の河内屋に寄ったと言いましたね。利兵衛が会ったのは伊兵衛という手代だったのでは……」

「何でわかる?」

条吉が意外だという顔をした。

「向島の寮を見に行ったあとで、その伊兵衛に会ったんです。ときどき利兵衛が訪ねているようだから探りを入れてみたんです」

「それで……」

「伊兵衛は元松村屋の奉公人です。店が潰れたあと、利兵衛の世話で河内屋に手代として入っています。ときどき利兵衛が訪ねてくるのは、伊兵衛を心配しての様子見だという話で、とくにあやしいようなことはありませんで……」

「そうだったのか。だが、河内屋は矢野屋から酒を仕入れている。そして、手代の伊兵衛は矢野屋に出入りしている。ひょっとすると……」

条吉は利兵衛の長屋の木戸口に目を向けたまま言葉を切った。

「ひょっとすると、何です？」

「矢野屋弥兵衛の動きを知るために、利兵衛は伊兵衛を動かしているのかもしれねえ。そう考えてもおかしくねえだろう。やつは手代だ。矢野屋に行って世間話のついでに弥兵衛のことも聞くことができる」

与茂七はなるほどと腕を組んだ。

「そう考えることもできますね。で、どうします？　利兵衛は家に戻りましたよ。見張っていても埒《らち》があかねえんでは……」

と、与茂七が言った矢先に、利兵衛が長屋から出てきた。

与茂七と条吉は口をつぐんで、利兵衛が歩き去るのを見送った。

「どうします？」

与茂七は粂吉を見た。

「尾《つ》けよう」

二人はそのまま利兵衛のあとを尾けはじめた。提灯をさげて夜道を歩く利兵衛は、霊岸島に入り、川口町を通り抜け、亀島橋をわたり八丁堀に入った。

利兵衛は五十半ばの年寄りだが、足取りは軽快だ。

「どこへ行くんですかね？」

与茂七は気になって粂吉に声をかける。

「そりゃ、利兵衛に聞かなきゃわからねえだろう」

「ま、そうですね。それにしても腹減ったなぁ。昼間っから何も食ってないんです」

「あとで食えばいいだろう」

利兵衛は楓川に架かる松幡橋《まつはた》をわたると、その橋の近くにある料理屋に姿を消した。「三日月《みかづき》」という小体《こてい》な料理屋で、座敷のある店だ。

与茂七と粂吉は店の前で立ち止まるしかなかった。二人には敷居の高い店だ。

「誰かと待ち合わせしてんですよ」

与茂七は店の暖簾を眺めて言う。

「しばらく様子を見るか。腹が減ってんなら、その辺の店で何か食ってこい。おれはここで見張っている」

与茂七は少し迷ったが、空腹には耐えられないので、

「それじゃ、蕎麦でも食ってきます」

そう言って、三日月の前を離れようとしたとき、足が竦《すく》んだように止まった。脇の路地から提灯を持ってあらわれた侍の顔を見たからだ。

丸橋金三郎だった。与茂七は柳の陰にあやしまれぬように入った。金三郎は気づかずに歩き去り、そして利兵衛のいる三日月に入っていった。

「粂さん、いまのが丸橋金三郎です。見ましたか」

「ああ」

「どうします?」

「店には入れねえから、ここで見張るしかない。すぐには出てこないはずだ。飯を食ってこい」

「いや、あとにします」

四

膳部《ぜんぶ》が調い女中が下がるまで、利兵衛と丸橋金三郎は一言もしゃべらなかった。障子が閉められると、

「ずいぶんよい店だな」

と、金三郎は感心したようにつぶやいた。

「まずは……」

利兵衛は金三郎に酌をしてやった。

「ここなら人に話を聞かれる心配はありません」

「そうであろう」

金三郎は盃をゆっくり口に運んだ。四隅に行灯が置かれており、その小座敷はあかるかった。膳部には鯛と平目《ひらめ》の刺身に金目鯛《きんめだい》の煮つけ。そして、南瓜《かぼちゃ》と里芋の煮つけ。香《こう》の物が添えられており、蓋《ふた》付きの碗は茶碗蒸しだった。

「それで、弥兵衛の動きは？」

金三郎は刺身をつまんで利兵衛を見た。

「明日、向島の寮に行くのがわかっています」

「それじゃ、明日やるのか……」

「明日の夜か、明後日か、それは様子を見てからでよいでしょう。それに、寮にはお定《さだ》という妾と甚助という下男、とめという女中がいます」

「その者らのことは……」

「お定にも甚助にも、それからとめにも罪はありません。この三人が寮にいては手出しできないでしょう。でも、その前に……」

利兵衛は金三郎をまっすぐ見た。計画は詰めに入っているが、金三郎の気持ちをたしかめておかなければならない。

「その前に……」

金三郎が見返してくる。

「丸橋さん、ほんとうに手を貸してくださるのですね。いまここでお断りになっても、わたしはかまいませんが……」

「何を申す。いまさらではないか。おれの肚は決まっているのだ。やると言ったからにはあとへは引けぬ。それに松村屋への恩義を忘れることはできぬ。何も恩返しができておらぬのだ」

金三郎は意志の固い目で口を引き結んだ。

「では、お付き合い願いますよ」

「端《はな》からそのつもりなのだ」

「承知いたしました。では、わたしがこのようなことを考えた、その発端を話しておきます」

「…………」

「旦那様とわたしは長い付き合いでした。そのことは申すまでもありませんが、わたしが旦那様の敵を討つべきだと考えたのは、旦那様が自害されたときでした。なぜ死ななければならなかったのか。そのことをよくよく考えました」

「…………」

「旦那様はずっと苦しんでおられたのです。弥兵衛の心ない扱いに、耐えてもいらっしゃいました。わたしはそのことを知っていましたが、旦那様は愚痴ひとつこぼさない人なので、わたしも黙っていたのです。ですが、旦那様が刃傷に及ぶ前のことでした」

「何かを聞いたのだな」

金三郎は静かに利兵衛を眺めた。

「はい、旦那様が思い悩んで決められたことでした。それは矢野屋に一矢報いなければならないということでした」

「…………」

「わたしは寄合のあの日、忘れもしない三月十四日の昼下がりに旦那様を店から送り出しました。どうか穏やかにお願いしますと言って。旦那様は小さくうなずかれただけでした。気が気でないわたしは何度も会所に足を運びました。そして、無事に寄合が終わったことを知って、ほっと胸を撫で下ろしたのです」

「ところが、宴会の席で……」

金三郎がつぶやいた。

「さようです。何事もなく終わったと思った矢先のことでした」

「そんな裏話があったとは知らぬことだった。それでいま、寄合はうまくいっているのかね？」

「以前ほどではないようです。行司役も井筒屋さんに代わって、よくなったと耳にしています。もっとも矢野屋の口うるささは変わっていないようですが……」

「されど、敵討ちを考えたのは若旦那の勘次郎殿だと初めに聞いているが、まさかおぬしが焚《た》きつけたのではなかろうな」

金三郎は酒で口を湿らせてから利兵衛を見た。

「焚きつけるなんてことはいたしません。若旦那から相談を受けてのことです。若旦那は旦那様の敵を取らなければ生きていられない。そうおっしゃいました。その気持ちは揺るぎないものです。そのために、おかみさんのことを頼まれてもいます」

「その頼みを聞くことはできぬだろうに」

「だから丸橋様に助《すけ》を願っているのでございます」

利兵衛はまばたきもせずに金三郎を凝視した。

「武士に二言はない。助をすると言ったからにはやるだけだ。徳兵衛殿には他ならぬ恩義のある身の上。たとえ、この身が滅びても約束は守る」

「お願いいたします」

利兵衛は深々と頭を下げた。

五

急に寒さが厳しくなっていた。料理屋「三日月」の表で張り込んでいる粂吉と与茂七は、肩をすぼめて薪炭屋の軒下でふるえていた。

「なかなか出てきませんね。粂さん、見張っていても無駄な気がしませんか。あの二人の話を聞くことなんかできないんだし……」

堪え性のない与茂七は弱音を吐く。

「ここまで粘ってんだ。このあとどっかへ行くかもしれねえだろう。それぐらい見届けなきゃ、見張ってる甲斐《かい》がないだろ」

「ま、そうですが……それにしても、やけに冷えてきましたね」

「ああ、寒いってもんじゃねえ。雪でも降るんじゃねえか」

「雪は勘弁です」

与茂七は手をすり合わせて息を吹きかけた。伝次郎はいま頃どこで何をしているのだろうかと考える。自宅屋敷に戻って熱燗《あつかん》をちびちびやっているのではないかと思い、羨ましくなる。

「熱いのを、くっと引っかけたい気分です」

「口の多いやつだ」

条吉がにらんできた。与茂七はひょいと首をすくめる。

「条さんは辛抱強いな」

「おめえは辛抱が足りねえんだよ」

「ひょー、いつになく厳しいことを……」

与茂七がおどけたときに三日月の玄関が開き、店のなかのあかりが木戸口のほうまでこぼれた。

「出てきた」

条吉がつぶやいた。

与茂七も気づき、気取《けど》られないようにしゃがみ込む。

利兵衛と丸橋金三郎は、女中に送り出されて表の道に出てきた。

「では、また明日だ」

金三郎が利兵衛を見て言った。

「はい、どうぞよろしくお願いいたします」

利兵衛が膝を折って頭を下げると、金三郎はそのまま白魚《しらうお》橋のほうへ歩き去った。

利兵衛はその金三郎を見送ると、江戸橋のほうへ向かった。お互い自宅に戻るようだ。

「どうします？」

与茂七は利兵衛の後ろ姿を見て、粂吉に聞いた。

もう金三郎は遠くに歩き去っている。

「ここまでにしておこう。やつらは明日も会うようだ」

「それじゃ、どうします？　旦那にこのことを伝えなきゃなりませんね」

「もう家に戻ってらっしゃるだろう。旦那の話も聞きたいしな」

伝次郎は日の暮れ前に川口町の自宅に戻り、粂吉と与茂七の帰りを待っていた。

しかし、あまりにも遅いので何かあったのではないかと気を揉んでいた。そのために酒を控え、千草の作り置きで早めの夕餉を終え、粂吉と与茂七の帰りを待ちつづけていた。

表に足音がするたびに玄関のほうに目を向け、聞き耳を立てたが、いずれも人違いだった。急に冷え込んできたので、伝次郎は火鉢の炭を熾《おこ》し、五徳《ごとく》に鉄瓶をのせていた。

ひとりで与茂七と粂吉の帰りを待つ伝次郎は、その日のことを考えていた。向島の寮のこと。そして、品川の松村屋でのやり取りである。

わからないのが、利兵衛が向島の矢野屋の寮を見に行ったのではなく、近くの寮を見に行ったことだ。何のためにそんなことをしたのかわからない。気紛《きまぐ》れに見に行ったとは思えない。あの寮は人の住んでいる気配がなかった。もしや、松村屋が持っていた寮かと考えたが、それはたしかめなければならない。

一方の矢野屋の寮には、年増の妾と下男がいることがわかった。おそらく女中も雇っているだろう。女中はひとりか、それとも二人なのかわからない。

(そのことは明日にでもたしかめるべきか)

心中でつぶやきを漏らしながら茶を淹れた。

「どうしたものか……」

声に出して煙草盆《たばこぼん》を引き寄せたとき、表に足音がしてすぐに玄関の開く音がした。

「旦那、遅くなりました」

与茂七の剽げた声がして、すぐに茶の間に姿をあらわした。条吉もいっしょだ。

「ありがてえ。急に冷え込んできたんで寒くてかなわなかったんです」

与茂七は火鉢に手をかざした。

「何かわかったことがあるか？」

伝次郎は与茂七と条吉を交互に眺めた。

「わかったことはありませんが、利兵衛と丸橋金三郎がさっきまで、本材木町《ほんざいもくちょう》にある三日月という料理屋にいました」

条吉が答えた。

「三日月……。敷居の高い店だな」

「店で何か話し合っていたのはたしかでしょうが、それがなんなのかはわかりません。あっしらは表で見張っていただけでしたから」

「それで、あの二人はまた明日も会うようです。別れ際にそんなことを言いましたから」

与茂七が言った。

「明日、どこで会うのだ？」

「それは聞いてません」

「そうか……。それで利兵衛の動きはどうであった？」

伝次郎は条吉に顔を向けた。

「旦那と別れたあと、あっしは利兵衛をずっと尾けましたが、とくに気になることはありませんで。それで利兵衛の家の近くまで行ったとき、ばったり与茂七と出くわしたんです」

条吉はそう言って与茂七を見た。

「おれは利兵衛の家を見張っていましたが、利兵衛は朝から出かけたままで、なんだか留守宅を見張っていてもしょうがねえなと思ったときに、帰って来たんです」

与茂七はその後条吉に会ってからのことをざっと話した。

「一度長屋に戻った利兵衛はすぐに出かけて三日月に行き、そこで丸橋金三郎と会ったというわけか」

伝次郎は話を聞き終えてから言った。

「ま、そういうことです。旦那、熱いのをやりませんか。寒くっていけません」

与茂七は飲みたそうな顔を向けてくる。伝次郎は勝手にやれと言った。

「それで旦那のほうはどうでした?」

与茂七が台所に立ったのを見て、粂吉が聞いてきた。

伝次郎は松村屋に地廻りが来てからのことを簡略に話した。

「すると、勘次郎と話をしたので……」

「そうだ。母親のおようからも矢野屋の悪口を聞かされた。相当矢野屋を憎んでいるが、勘次郎が矢野屋への敵討ちを企んでいるとしても、あの母親は何も知らないようだ」

「すると、敵討ちは勘次郎と利兵衛、そして丸橋金三郎の三人でやるってことになるんですかね」

「まことに敵討ちを企んでいるかどうか、それはわからぬ。されど、利兵衛の動きが妙に引っかかるのだ」

与茂七が熱燗を運んできたので、伝次郎は酌を受けて飲んだ。

「明日、利兵衛と丸橋金三郎は会うのだな」

「そんなことを言っていましたから」

伝次郎は火鉢の炭をいじりながら少し考えた。

「様子見はつづけるんで……」

酒を飲んだ与茂七が、人心地がついた顔を向けてくる。

「利兵衛と丸橋金三郎の動きも気になるが、松村屋勘次郎のことも気になる。あの男、何かうちに秘めたものがある。これはおれの勘だが、今日話をしてそう思った」

「どうします？」

「利兵衛と丸橋金三郎が明日会うのなら、朝から利兵衛を見張ろう。その二人が動けば、おそらく松村屋勘次郎も動くはずだ。与茂七、おまえは明日の朝早く品川へ行け」

「へっ、またですか」

「いやならここでやめてもいい。おれと粂吉でやる」

「行きます。行きますよ。やめていいなんて、殺生《せっしょう》なこと言わないでください」

与茂七が口を尖《とが》らせると、粂吉がくすっと笑った。

「ならば、夜の明ける前に行ってもらう。酒はほどほどにしておけ」

「はい。それじゃ早めに寝ちまうことにします」

与茂七は盃をほした。

六

「こんな遅くにすまない」

それは米吉がそろそろ床に就いてしまおうかと考えているときだった。米吉の長屋を訪ねてきたのは主の勘次郎だった。

「何かあったんでございますか。あ、どうぞおあがりください」

火鉢にあたっていた米吉は小腰をあげて、勘次郎の座る場所を空けた。

「じつは話しておかなければならないことがある」

勘次郎はいつになく思い詰めた顔だ。

「何でございましょう。店のことでしょうか……?」

「それもある」

勘次郎は何かを切り出しかねている。

「お茶を淹れましょう」

米吉はそう言って火鉢の上の鉄瓶に手を伸ばしかけて、

「それともお酒にいたしましょうか？」

と、問い直した。

「何もいらないよ。おまえさんに話そうか話すまいか、あれこれ考えていたのだけれど、ことが終わってからでは遅いのでやはり話そうと思ってね」

何だか奥歯にものが挟まったような言い方だ。米吉は茶を淹れた。

「おまえさんは手代としてよくやってくれている。仕事も文句のつけようがない。いまの店をおまえさんにまかせても、何の不都合もない」

米吉は茶を淹れていた手を止めて勘次郎を見た。

「あの、ことが終わってからとおっしゃるのは、いったいどういうことでしょう」

米吉は勘次郎の整った顔を見た。行灯のあかりを受けるその顔は深刻である。

「わたしは父親の敵を討つ」

「えっ……」

驚かずにはいられなかった。勘次郎はつづけた。

「いや、討ちたいと思っている。それは父の敵だけではない。死んだお辰のこともある。新川の店がああなってから、おとっつぁんが死んだことをあれこれ考えた。店の者たちは利兵衛さんの差配で、食うに困ることのないように計らってもらったが、どうしてもわたしは矢野屋が許せないのだよ。このまま生きていても、矢野屋への怨念を消すことはできない。お辰が死んだのも、そもそもは矢野屋のせいだ」

「ちょっと、お待ちください」

米吉は鉄瓶を五徳に戻し、急須を置いて慌てた。

「そりゃ矢野屋さんへの恨みはわかります。わかりますが、敵討ちなんてことを……」

「おとっつぁんは他の下り酒問屋仲間のことも考えて、矢野屋の主・弥兵衛に斬りつけた。殺すつもりだったのかもしれない。でもね、わたしはおとっつぁんのやったことを、愚かだと思いはしない。おそらくお辰のことも、おとっつぁんは肚に据えかねていたはずだ。わたしは三行半をわたすことになったが、ほんとうはほんとうは……」

勘次郎は目を潤ませた。

「あんなことはしたくなかった。わたしがもう少し堪忍《かんにん》していれば、お辰を死なせることはなかった。いま、お辰がそばにいないのは、わたしのせいでもあるが、もとを正せば矢野屋弥兵衛のせいだ。あの人は松村屋を追い落とすために、お辰を利用しようとしたのだよ。それができないとわかったから、お辰に手を出して……」

「旦那様……」

「おまえさんにはわたしの悔しさがわからないかもしれないが、このまま商売をやっていても矢野屋への恨みは心の底に燻《くすぶ》ったままで消えやしない。ならばいっそのこと、おとっつぁんとお辰の敵を討ってやろうと決めた」

「それはいけません。そんなことをしたら、もっと悪いことになるのではありませんか。おかみさんもいらっしゃるんです」

「だから聞いてほしいのだ」

勘次郎は膝を擦《す》って米吉に近づいた。その目は真剣だった。

「おとっつぁんは矢野屋を斬りつけるときに、何もかも捨てる覚悟があった。残された身内のことや奉公人たちも切り捨てる覚悟だった。なぜ、そこまでの覚悟をおとっつぁんがしたのか、わたしははっきり知ったのだよ」

米吉は息を呑んで勘次郎を見つめた。徳兵衛が刃傷を起こした真の意図は、米吉には謎のままだった。

「松村屋が商売をつづけても、矢野屋は得することがない。ところが矢野屋は手っ取り早く得になることを考えた。それが、新しく問屋仲間に入った鹿島屋だ。鹿島屋が以前から問屋仲間に入りたがっていたのは誰もが知っている。しかし、おいそれと入ることはできない。ところが、矢野屋は鹿島屋に便宜《べんぎ》を図った」

「どんなことです……」

米吉は生唾を呑み込んだ。

「鹿島屋は矢野屋に近づき、あれこれと音物をわたしていたのだよ。盆暮れの付け届けばかりでなく、矢野屋のおかみや倅たちへの贈り物も怠らない。弥兵衛の使いが鹿島屋にくれば、その使いにも心付けをわたすという熱心さだ」

「そんなことが……」

米吉は初めて聞くことだが、あきれながら驚くしかない。

「矢野屋弥兵衛はその熱心な鹿島屋の意を汲《く》んだのだよ。よし、わたしにまかせておけと言ったかどうかは知らないが、仲間に入れる約束をしたはずだ。矢野屋にとって鹿島屋は御《ぎょ》しやすい商家であるし、仲間に入れても商売敵にはならない。そればかりか、売り上げの一部を矢野屋にまわす段取りをつけたかもしれない。矢野屋は苦労せずに私腹《しふく》を肥やすことができる。鹿島屋が仲間に入ったとしても、矢野屋にとっては意のままだ。しかし、仲間に入れるには空きを作らなければならない。それが松村屋だった。おそらく矢野屋はそんなことを口にはしていないだろうけど、肚のなかで算盤をはじいたのだよ。松村屋を仲間から外そうと。だから、矢野屋弥兵衛はおとっつぁんにきつくあたり、また、あらを探そうと躍起《やっき》になった」

「すると、大旦那様はそのことに気づかれたのでございますか……？」

「おそらく気づいていたと思う。だけど、おとっつぁんはやるならやってみろと、受けて立つつもりだったはずだ。おとっつぁんはそんな性分の人だったから。しかし、お辰のことがあり、堪忍袋の緒《お》が切れてしまった」

「まさか、そんなことが……」

米吉は信じられない思いだった。だからといって、親の敵を討とうとする勘次郎を放っておくわけにはいかない。

「旦那様が大旦那様の意を汲んで敵を討ちたいというお気持ちはわかりますが、それは自分の首を絞めることにもなるんですよ。無茶な考えは捨てて、いまのままでよいのではありませんか。敵を討ったところで、大旦那様が生き返るわけではないのですから……」

「もう決めたのだよ。後戻りはできない」

「しかし、どうやって……まさか、ひとりで矢野屋に乗り込むとおっしゃるんじゃないでしょうね。お願いですから思いとどまっていただけませんか」

勘次郎は口の端に微笑を浮かべて首を振った。

「わたしの気持ちは変わらない。それに、利兵衛と丸橋金三郎さんがついていてくださる」

米吉はときどき訪ねてくる丸橋金三郎と利兵衛の顔を思い浮かべて、はっとなった。あの二人が来るたびに、勘次郎は人目を憚《はばか》るようにして話していた。いつもその場を見ると、また密談めいたことをされていると思っただけであった。

「お気持ちは察しますが、おやめください。お願いでございます。思いとどまってくださいまし。どうか、このとおりでございます」

「何度も同じことを言わせないでおくれ」

勘次郎は懐から一冊の帳面を取り出して、畳に滑らせた。

「これには、おとっつぁんが残してくれた金のことが書かれている。あまり多くはないが、おっかさんの余生の役に立つはずだ。店のことはおまえさんにまかせるので、預かっておくれ。もし、店が傾くようなことがあれば、そのときの急場しのぎにもなるはずだ。金の仕分けはおまえさんにまかせる」

「そんな……」

米吉は帳面から顔をあげて勘次郎を見た。自分を信用してくれるのは嬉しいが、あまりにも突然のことに戸惑いを隠しきれない。

「いいんだ。おまえさんもそろそろ所帯を持たなければならない。そのときに役立ててもらってもかまわない」

さ、受け取れと勘次郎は帳面を米吉のほうに押しやった。

米吉は帳面に視線を落としてゆっくり顔をあげた。

「旦那様、お気持ちは変わりませんか。わたしはやめてほしゅうございます」

「もう言わないでおくれ」

勘次郎は微笑を浮かべて首を振ったが、目は笑っていなかった。その目には強い意志の固さがあった。

「それで、いつ矢野屋さんを……」

「明日か明後日か、わからない。このことはおまえさんだけが知っていることだ。おっかさんにもお里にも話してはならない。それだけは約束してもらいたい」

米吉は口を引き結んで勘次郎を見つめた。

「約束してくれるね」

もう、うなずくしかなかった。

「それじゃ、頼みました」

米吉は呆然《ぼうぜん》とした顔で戸口を出て行く勘次郎を見送った。戸が閉まると、急いで立ちあがり腰高障子を引き開けた。もう勘次郎は木戸口を出たところだった。

米吉は裸足のまま追いかけて声をかけた。

「旦那様……」

「米吉さん、もういい。今夜は帰ってゆっくり寝ることにする」

勘次郎はそのまま夜の暗がりに消えていった。

第五章　初雪

一

「ひゃー、雪かい……」

翌る朝、寝床を出た矢野屋弥兵衛は雨戸を開けて首をすくめた。それから窓を閉めると、

「まあ、雪だったら酒でも飲んでしっぽりと……」

うひひと、弥兵衛はお定の体を思い描いた。

店を出たのは五つ（午前八時）を過ぎた頃だった。商用で出かけるときには手代か小僧を供につけるが、この日は久しぶりの休養日であるし、妾に会いに行くのだ

からひとりで店を出た。

雪はちらちらと降りつづけているが、ひどい降りではなかった。それでも通りや町屋の屋根には雪が薄く積もっていた。

弥兵衛は傘を差し、首に襟巻きを巻いて歩きはじめたが、雪道を歩くのは億劫《おっくう》だと思い、思案《しあん》橋のそばで猪牙舟を仕立てた。

「悪いが向島までやってくれ」

舟のなかに収まると、弥兵衛は船頭に言いつけた。

「雪のなか悪いね」

「いえ、この程度の降りならどうってことありませんよ」

船頭は気軽に応じて猪牙舟を出した。雪は小降りであるが、やみそうな雲行きではなかった。

その舟を見送った男がいた。伝次郎である。すぐに追いかけようと思ったが、慌てることはなかった。行き先は向島の寮とわかっている。

伝次郎は編笠《あみがさ》を深く被り、綿入れの着流しのうえに無紋の羽織をつけていた。こういうことなら野袴《のばかま》に草鞋《わらじ》履《ば》きがよかったと思うが、家に戻って着替えるのは面倒である。弥兵衛の乗った舟を見送ると、利兵衛の長屋を見張っている粂吉のもとへ足を向けた。

雪のせいで商家はどこも表戸を閉めていた。通りを歩く人も普段より少ない。

崩《くずれ》橋をわたり箱崎町に入ってゆっくり歩《ほ》を進めると、先の茶屋から粂吉が出てきた。

「弥兵衛はどうしたんです？」

「猪牙《ちょき》で向島に向かった」

「追わなくてよいので……」

「行き先はわかっている。慌てることはなかろう。それで、利兵衛はまだ出かける様子はないか」

「長屋から出てきません。家にいるのはわかっているんで、じきに出てくるはずですが……」

「よし、少し付き合おう」

伝次郎は粂吉が見張り場にしている茶屋に入った。ありがたいことに手焙《あぶ》りがあったので、それにあたりながら茶を飲む。

「利兵衛と丸橋金三郎は今日会うことになっているのだな」

「昨夜、二人は別れ際にそんなことを言い交わしましたので……」

伝次郎は茶に口をつけて、利兵衛の長屋の木戸口に目を向けた。人の出入りはない。

「弥兵衛が向島に出かけて、丸橋と利兵衛が今日会うってことか……。もし、松村屋勘次郎も出かけることになれば、穏やかなことにはならぬな」

伝次郎は独り言のようにつぶやく。

「やはり、松村屋は徳兵衛の敵を討つつもりでしょうか……」

「わからぬが、そのつもりかもしれぬ。勘次郎と利兵衛には丸橋金三郎という浪人がついているからな」

「矢野屋はそんなことは、まったく知りもしないってことですか」

「そういうことになろう」

雪はしんしんと降りつづけていたが、少し小止《や》みになり、雲の向こうに日が見えてきた。しかし、それも短く、また日は鉛色の空に隠れた。

半刻がたち、さらに半刻がたったが、利兵衛が長屋を出てくる様子はない。

その間に伝次郎と粂吉は見張り場を二度移した。利兵衛の長屋への出入りは、女房か雪を喜ぶ子供ぐらいだ。ときどき魚屋の棒手振や豆腐売りが、路地に入っていったがすぐに出てきた。

四つ（午前十時）の鐘音を聞いて、小半刻ほどたったときだった。通りに与茂七があらわれた。粂吉を捜すように歩いてくる。

「あいつ、どうしたんだ……」

粂吉がつぶやいて、見張り場にしていた茶漬け屋を出て行き、すぐに与茂七を連れてきた。

「いかがした？」

伝次郎が問うと、

「勘次郎は品川の店を出て、いまは馬喰町《ばくろちょう》の旅人宿《りょじんやど》にいます」

と、与茂七が答えた。

「旅人宿に……」

伝次郎は眉宇をひそめた。

「へえ、それで宿の者に訊ねますと、今日から二日ほど泊まるらしく、宿賃を先に払ってんです」

「勘次郎に気づかれてはおらぬだろうな」

「その辺はぬかりなくやってますんで、ご心配なく」

与茂七は得意そうな顔で答える。

伝次郎は短く考えて、与茂七に顔を戻した。

「与茂七、その宿に戻って見張りをつづけろ。もし、勘次郎が出かけるようだったらあとを尾けろ」

「旦那たちとはどこで落ち合います?」

「連中がどんな動きをするかわからぬが、いずれ向島へ行くつもりだ。竹屋の渡の舟着場に茶屋がある。墨堤のそばだ」

「何刻《なんどき》頃です?」

「余裕を見て八つ半（午後三時）頃でよいだろう」

「わかりました」

与茂七はそのまま茶漬け屋を出て行った。

利兵衛が長屋から出てきたのは、それからすぐのことだった。伝次郎と粂吉は十分な距離をとって尾けた。

雪は積もるほどではないが、降りつづいていた。

利兵衛が行ったのは、与茂七が見張っている「武蔵屋」という馬喰町の旅人宿だった。表の茶屋で伝次郎は再び与茂七と合流することになった。

「勘次郎は出かけてはいないだろうな」

「宿にしけ込んだままです。それにしても、利兵衛も同じ宿に入るとはどういうことでしょう」

与茂七が疑問を呈したとき、

「旦那、与茂七」

と、粂吉が低声で注意を促した。

伝次郎は通りを歩いてきた浪人風の男を見た。丸橋金三郎だ。菅笠《すげがさ》を被っているが、野袴に雪駄《せった》履き。そして羽織姿だ。

金三郎は伝次郎たちに見張られているとも知らず、利兵衛と勘次郎のいる武蔵屋に入った。

「よし、見張りはここまでだ」

伝次郎が意を決したように言った。粂吉と与茂七が「えっ」と驚き顔を向けてきた。

「三人はいずれ向島へ行くはずだ。おれたちは先まわりをする」

二

雪のちらつく大川を伝次郎は猪牙舟を遡上させていた。舟のなかには粂吉と与茂七が座り、川上をまっすぐ見ている。風が吹くと雪が流され、川面にさざ波を立てた。

ぎっしぎっしと櫓を動かすたびに櫓べそが音を立て、水押が波をかき分ける。両岸に見える町屋は白くなっているが、積雪はさほどではない。

天気が悪いせいか普段より大川を行き来する舟の数が少ない。水辺に集っていた鴫《しぎ》の群れが空に飛び立ち、獲物を狙っているのか枯れ木に止まった川鵜《かわう》が、じっと動かずに川面を見つめている。

伝次郎は本気で勘次郎たちが、徳兵衛の敵を討つのかそのことに疑念がある。敵を討つとなれば届けがいる。しかし、届けは出していないだろう。

それに矢野屋弥兵衛を手にかけてしまえば、おのれの身ばかりでなく、母親のおようにも迷惑をかけることになる。あまりにも愚かなことだ。それとも、敵を討つのではなく、何らかの形で一矢を報いようという考えなのか。

もし、矢野屋の寮に勘次郎たちが討ち入るようなら、その前に止めなければならない。

伝次郎は櫓を漕ぎながら考える。はたと気づけば吾妻橋をくぐり抜けていた。向島はもう目と鼻の先だ。

「向島に着いたら、矢野屋の寮を探れ。おれは舟着場の近くで例の三人が来るのを見張っている」

伝次郎は舟を竹屋の渡の舟着場に向けると、条吉と与茂七に指図した。

「あの三人、ほんとうに来ますかね」

与茂七が伝次郎を振り返った。

「来なければおかしな話だ」

伝次郎は櫓から棹に持ち替えてさらに猪牙舟を進めた。雪は小止みになっている。舟着場に猪牙舟を舫うと、三人は岸にあがった。

「粂吉、与茂七、矢野屋の寮を見てこい」

「旦那は？」

与茂七が顔を向けてくる。

「おれは利兵衛らが来るのを見張っている」

伝次郎は粂吉と与茂七を見送ると、近くの茶屋に足を向けた。茶屋はあいにくの天気のせいで閉まっているが、表に床几が出しっ放しだ。葦簀《よしず》が飛ばされないように柱にくくりつけてあった。

墨堤にあがった粂吉と与茂七の姿が見えなくなると、伝次郎は煙草入れを探って煙管を吹かしながら、隅田川《すみだがわ》の下流に目を向けた。

上ってくる舟はあるが、それは俵物《たわらもの》を積んだ荷船だった。

煙管を吸い終えると猪牙舟に戻り、隠し戸棚から草鞋を出して、草履《ぞうり》と履き替えた。隠し戸棚には淦《あか》を掬《すく》い取る手桶や雑巾、その他の小物を入れることができる。棹もじつは仕込み棹で、二つに分けると、一方の棹先には刃物がついていた。

草鞋に履き替えた伝次郎は墨堤に上り、周囲に目を凝《こ》らした。

人の姿はない。墨堤の東に白く覆われた三囲稲荷の屋根が見え、その先にある百姓家《ひやくしようや》や大商家や大身旗本の寮が見え隠れしている。冬枯れの木も畑も白くなっていた。

いびつな声で鳴く百舌《もず》がすっかり葉を落とした柿の木に止まっていた。

伝次郎は墨堤の南のほうを見やった。その道は本所《ほんじよ》のほうにつづいている。手前にある水戸《みと》家の蔵屋敷が雪のせいでぼんやり霞んで見える。

伝次郎は墨堤を下りると、また誰もいない茶屋に戻った。川岸の薄《すすき》と葦《よし》の藪《やぶ》のなかで飛ぶホオジロが見え隠れする。雪がいつしかやみ、西の空がうっすらとあかるくなった。しかし、日の光は雲に遮られている。

小半刻ほどして粂吉と与茂七が戻ってきた。

「矢野屋の寮は雨戸を閉めていますが、人はいます」

粂吉が白い息を吐きながら告げた。

「矢野屋弥兵衛は？」

「いるかどうか、それはたしかめられませんで……」

条吉はそう言うが、伝次郎はすでに弥兵衛がいるはずだと見当をつけている。弥兵衛が仕立てた猪牙舟を見送っているし、弥兵衛が今日は寮に行くこともわかっている。

「旦那、あの寮に住んでいるのはお定という矢野屋の妾です。それからとめという女中と甚助という下男です。いつもその三人がいるようです」

与茂七が白い息を吐きながら言った。

「すると矢野屋の寮にいるのは四人か……」

伝次郎はそうつぶやいたあとで、与茂七に顔を戻した。

「与茂七、利兵衛が様子を見ていた寮があるな」

「へえ」

「あの寮はどうなっている？」

「見てきましょうか……」

「うむ」

「旦那、初雪でござんしょ」

お定が酒を運んできて弥兵衛のそばに座った。

「そう言えばそうだったね」

弥兵衛が盃をつかむと、

「障子を開けて、雪見酒と洒落込《しゃれこ》みましょうよ」

と、甘えた顔で弥兵衛の膝に手を置いた。

弥兵衛はその手に自分のを重ねて、

「そうしよう」

と、答えた。

すぐにお定が立ちあがり、障子を二尺（約六一センチ）ほど開けた。部屋のなかは火鉢で暖《だん》がとられているので多少の風は気にならなかった。

「あら、やんでいるわ」

「なにすぐに降りだすだろう。やむような雪ではない。そんな雲行きだ」

お定がそばに戻ってくると、弥兵衛は酌をさせ、そして酌をしてやった。

「忙しかったのですね。ずっと寂しい思いをしていたのですよ」

「可愛いことを言う。もっと、こっちへ」

弥兵衛に言われたお定はしなだれかかった。弥兵衛は酒を口に含むと、お定の顔を自分に向けさせ、口うつしで酒を飲ませた。

「旦那……もう……」

四十過ぎの薹《とう》の立ちすぎた女だが、細身ながら肉づきのよい体は、好色な弥兵衛の好みである。お定は元は深川の芸者だった。意気と俠気《きようき》を持ち合わせた辰巳《たつみ》芸者とも呼ばれることが多いが、お定はおとなしくて従順な女だった。

さすがに容色《ようしよく》の衰えは隠せないが、それでも同年の女たちに比べると肌の艶《つや》も張りもまだ若い。自分の女房とは比べものにならない。

身請けしたのは七、八年前だったが、弥兵衛は間違っていないと満足している。

「甚助ととめがいるんですよ」

八ツ口《やつくち》から手を入れられ、乳房を触られたお定が、ちょっと嫌がる素振りを見せた。

「まだ、早いじゃございませんか」

そう言われても、弥兵衛はお定がほしくなっていた。

「とめには買い物に行かせてこい。甚助には薪でも割らせておけばいいだろう。さあ」

弥兵衛は八ツ口から手を抜いて言いつけた。

「もう旦那ったら……」

お定は座敷を出て行き、すぐに戻ってきた。

「さあ、こっちへ。寒くなったから障子を閉めて……」

障子を閉めたお定がそばに来ると、弥兵衛は手を引っ張り抱き寄せた。胸元を強引に広げ、乳房に吸いつき、片手でお定の着物の裾《すそ》を割った。太股の感触がよい。

「旦那……」

「いやじゃないだろう。久しぶりではないか」

「もう」

弥兵衛は慣れた手付きでお定の帯をほどき、小袖《こそで》を大きく広げるようにして脱がせた。さらに襦袢《じゅばん》を広げると、お定の白い肌が目の前にあらわれた。子供を産んでいないので桃色の乳房には張りがある。

弥兵衛は白いうなじに舌を這わせ、片手で乳房を揉み、もう一方の手を太股から奥に滑らせる。お定が吐息を漏らす。

「旦那、まだあかるいのに……」

そうは言うが、お定は嫌がっているふうではない。物欲しそうに口を薄く開け、弥兵衛の指を自ら急所にあてがう。

「おまえがほしかったのだよ。ああ、幸せだねえ」

「ええ……あ、そこが……」

「ここかい」

「ああ……」

もう雪見酒は後まわしである。弥兵衛はお定を横に倒すと、自ら着物を脱ぎはじめた。お定もうっとりした目で脱ぐのを手伝ってくれる。肌と肌を重ね合わせると、お互いの体温で寒さは感じなくなる。

「お定、お定……」

「旦那、やさしくよ。旦那……」

三

「えいほ、えいほ……」

駕籠《かご》舁きの声が聞こえている。駕籠のなかに収まっている勘次郎は、吹き込んでくる冷たい風に身を縮ませながら目をつむっていた。

その朝、出かけるときに母のおようは、いつものように気をつけて行ってくるんだよ、雪だから足許に気をつけてと思いやりのある言葉をかけてくれた。

勘次郎はそんな母親をしばらく見つめたあとで、心配はいらないよと答え、そのあとで、

（おっかさん、達者で……）

と、胸のうちでつぶやいた。

表に出ると、朝から普段より無口だった米吉が出てきて、「旦那様」と思い詰めた顔を向けてきた。勘次郎は無言でうなずき、目顔で「頼む」と言った。

意を汲み取った米吉は、泣きそうな顔で頭を下げて見送ってくれた。

「えいほ、えいほ……」

駕籠は休むことなく進んでいる。

勘次郎の前にも二挺《ちょう》の駕籠が向島に向かっている。丸橋金三郎と利兵衛の駕籠だ。

目を開けた勘次郎は表の景色を眺めた。一時止んでいた雪がまたちらついていた。

積雪はさほどではないが、雪は町屋を白く覆っていた。道行く人の姿もいつもより少ない。

駕籠は吾妻橋をわたると、墨堤のほうに向きを変えた。

「えいほ、えいほ……」

駕籠舁きの足は止まらない。


伝次郎は舟着場のそばで対岸の今戸《いまど》のほうを眺め、ときどき下流から上ってくる猪牙舟を見たが、すぐそばの舟着場にやって来る舟はなかった。渡し舟もさっき二艘《そう》が来たのみで、その後はぱったりだ。

もう八つ半（午後三時）に近いだろう。天気のせいで暗くなるのが早くなっている。利兵衛が気にしていた寮を見に行った与茂七は、空き家のままだと言った。

するとあのとき、利兵衛は矢野屋の寮と、あの寮を間違えたのかもしれない。そう考えるしかなかった。

「旦那、駕籠です」

墨堤から戻ってきた粂吉がやって来て告げた。

「駕籠……」

「町駕籠です。三挺やってきます」

伝次郎は座っていた床几《しょうぎ》から立ちあがり、少し土手を上った。たしかに水戸家の蔵屋敷のほうから三挺の町駕籠が近づいていた。

(やはり、来たか……)

伝次郎はそばにいる粂吉と与茂七に顔を向け、

「相手に知られないようにしろ」

と、注意を促し、藪の陰に身をひそめ、近づいてくる駕籠を凝視した。

「やっぱ敵討ちをするつもりなんですよ。乗り込んだら、そのときに止めに行きますか」

与茂七が小声で話しかけてくる。

「乗り込む前がいいかもしれません」

条吉が言う。

伝次郎はどちらがよいか考える。いまここで止めて話を聞くのもよいが、果たしてそれでよいのかどうか迷うところだ。筒井奉行だったらどうされるだろうかと、頭の隅で考える。

「旦那、いかがされます？」

条吉が顔を向けてくる。あの三人は敵を取るのではなく、話し合いをするだけかもしれぬ。そうであれば余計なお節介《せっかい》になる。

伝次郎は雪をちらつかせる空を見あげてから、

「様子を見よう」

と、条吉に顔を戻した。

三挺の駕籠はもう近くまで来ていた。そして、その駕籠が止まり、三人の男が降り立った。やはり、勘次郎と利兵衛、そして丸橋金三郎だった。

三人は駕籠を帰すと、そのまま墨堤の土手道を下りて三囲稲荷の東のほうへ向かう野路《のじ》を辿《たど》った。

「尾ける。気づかれないようにしろ」

伝次郎は三人が十分離れてからあとを追った。

そこは一軒の寮だった。寂《さび》れている小さな屋敷と言ってもよかった。

玄関の戸を開けた利兵衛が家のなかへ促した。

「若旦那、どうぞ」

「ここは矢野屋の寮ではないのでは……」

勘次郎は疑問を口にした。

「矢野屋の寮はすぐ近くです。まずは様子を見なければなりません」

さあ、早くと利兵衛が促す。

勘次郎は暗い家のなかに入った。家のなかは調度《ちょうど》の品も何もなくがらんとしていた。

最後に入ってきた丸橋金三郎が、玄関の戸に心張棒《しんばりぼう》をかった。

「どうしてこんなところに……」

勘次郎は座敷にあがって利兵衛を見た。座敷には丸火鉢がひとつ置かれているだけだった。炭も入っている。

「すぐ乗り込むわけにはまいりません。矢野屋の寮の様子見もありますし、弥兵衛が来ているかどうかもたしかめなければなりません。いま火を熾しますので……」

たしかに利兵衛の言うとおりであろう。

勘次郎は納得して火鉢の前に腰を下ろした。ひんやり冷え込んでいて、表よりかえって寒いのではないかと思うほどだ。

「勘次郎殿、腹は空いていませんか？　宿で作ってもらったにぎり飯がありますが……」

金三郎が近くに腰を下ろして、風呂敷包みを広げた。にぎり飯と沢庵が竹皮に包んであった。

「腹は空いていませんので……。矢野屋の寮はここから近いのですか？」

「すぐそばです。あとで様子を見に行ってきます」

「…………」

勘次郎は肩をすぼめて、両手をこすり合わせた。利兵衛は矢野屋弥兵衛が、寮にいるのはたしかだと言ったくせに、ここに来てたしかめると言う。それだけ慎重になっているのだろうが、もう肚は決まっているのだ。

「利兵衛さん、弥兵衛がいるのはわかっているはずだ。こんなところで油を売ることはないだろう」

利兵衛が台所で熾した炭を火鉢に入れたところで、勘次郎は言った。

「出かけていたりしたら、まずいではありませんか。まあ、こんな天気なので出かけてはいないでしょうが……。それに……」

「何だね？」

「向こうにはお定という妾がいます。甚助という下男ととめという女中もいます。その三人には何の恨みもありません。そうではございませんか」

「まあ、たしかに……」

「その三人をどうにかして表に出さなければなりません」

「どうやってやる？」

勘次郎はまじまじと利兵衛を眺める。家のなかは暗いが、金三郎が気を利かして行灯をつけた。それでもいくらかあかるくなったぐらいだ。

表から鵯《ひよどり》の鳴く声と、ときおり吹きわたる風の音が聞こえてきた。

火鉢の五徳に利兵衛は鉄瓶をのせた。

「考えていることがあります。丸橋さんのことを弥兵衛は知りません。だから丸橋さんにまずは弥兵衛の寮に行ってもらいます。そこで、下男と女中を表に連れ出します」

勘次郎は金三郎を見た。

金三郎は、そうだというようにうなずく。

「それならそうと、馬喰町の宿で話してくれたらよかったではないか」

「他の話で話すのを忘れてしまったのです。申しわけありません」

利兵衛は頭を下げて謝った。

たしかに旅人宿の武蔵屋では、弥兵衛がどんな謀略《ぼうりやく》を立てて、松村屋を追い落とそうとしていたかを、利兵衛は恨みを込めて話していた。勘次郎の知らない話もあったので、憤《いきどお》りは増すばかりだった。

「若旦那、急ぐことはありません。もう弥兵衛は袋の中の鼠《ねずみ》みたいなものです」

「…………」

火鉢のなかの炭がぱちっと爆《は》ぜて、小さな火の粉が散った。

「ここはどうしたのだい？」

「今日のことを考えて半月ほど前に借りたんでございます」

「用意のよいことを……」

「念を入れてやらなければなりませんので」

「利兵衛さんらしいね」

勘次郎はさすが元松村屋の大番頭だと感心する。

「そろそろ」

利兵衛が金三郎を見ると、金三郎が小さくうなずいて立ちあがり家を出て行った。

四

「旦那、丸橋金三郎です」

粂吉が勘次郎たちのいる寮から出てきた金三郎を見て低声を漏らした。伝次郎もその姿を目で追う。

「出かけるようですよ。どうします？」

与茂七が伝次郎に顔を向ける。三人は勘次郎たちの入った寮の近くにある林のなかにいるのだった。

「条吉、後を尾《つ》けてくれ。気取《けど》られるな」

「承知です」

条吉が林を抜けて小さな道に出て行った。もう金三郎の姿はそこから見えなくなっていた。

「旦那、本気で敵討ちをやるんですかね」

条吉を見送った与茂七が顔を向けてくる。

「わからぬ。だが、あの丸橋金三郎がいるから斬るつもりかもしれぬ」

「だったら、いまのうちに止めたらどうです」

「まあ待て」

「手遅れにならないうちに、仲に入ったほうがいいと思うんですけどね」

「そうすれば、松村屋の意趣《いしゅ》は晴らせぬままになる。恨みはあとを引く。その辺の兼ね合いを考えているのだ」

「そこまで考えてるんですか……。それにしても、さっきより寒くなりました」

感心顔をした与茂七は、まるめた両手に息を吹きかけた。

条吉が一方の道から足早に戻ってきた。丸橋金三郎の姿はまだ見えない。

「いかがした？」

伝次郎は条吉に聞いた。

「丸橋金三郎は矢野屋の寮を訪ねて、出てきた女中と何やら話をしているだけです」

「それで戻ってきたのか」

「丸橋には乗り込む様子がありませんで……」

「何の話をしていたのだ？」

「それはわかりませんが、女中は何度か表を向いてうなずいていました」

「どういうことだ？」

伝次郎の疑問に、条吉は首をかしげた。

「いったい誰が来たのだい？」

客があったのが気になって、お定が茶の間のほうへ行ってとめに声をかけているのが聞こえてきた。

弥兵衛は縕袍《どてら》を羽織って火鉢にあたりながら剝《む》いたばかりの蜜柑《みかん》の粒を、口に放り込んだ。お定を久しぶりに抱いた余韻《よいん》が残っている。今夜は朝までお定を抱いて寝られると思うと、嬉しいやら楽しいやら。

弥兵衛はだらしなく相好《そうごう》を崩し、また蜜柑の粒を頰張《ほおば》った。そのときお定が戻ってきて襖《ふすま》を閉めた。

「客かい?」

「近所にある殿様のお屋敷のご家来だったみたいです」

「それで……」

「炭と薪を貸してくれないかということでした。この天気ですから足りなくなったんでしょう」

「表の納屋《なや》のほうで音がしていたが……」

「甚助が薪と炭を取りに行ったんでしょう。さて旦那、この天気じゃどこにも行けませんね。何か楽しい話をしてくださいな」

「楽しい話か……そうだね。何かあったかな……」

「新しいお酒つけてきます。それまでに思い出してくださいな」

お定が台所に立っていくと、弥兵衛は何かおもしろいことはあったかなと、視線を泳がせた。

丸橋金三郎が戻ってきて、座敷に腰を下ろすと、

「首尾《しゅび》はいかがです？」

と、利兵衛が聞いた。

「もういつでもいいだろう。弥兵衛があの寮にいるのはたしかだ」

答えた金三郎は立ちあがって、勘次郎の背後のほうに移った。

「下男と女中はいないのですね」

「屋敷のなかに納屋がある。そこに押し込んできた」

「それじゃ、いよいよでございます。若旦那……」

金三郎に答えた利兵衛が勘次郎を見て、

「申しわけありませんが……」

と言ったのと同時だった。

金三郎がいきなり後ろから抱きつくようにして、勘次郎の体を縛《いまし》めた。

「なんだい、どういうことだい……」

勘次郎の声は途中で塞がれた。

「若旦那、許してください。こうするしかないのです。ですが、旦那様の思いはちゃんと果たします」

勘次郎は金三郎に猿ぐつわを嚙ませられ、さらに両腕を後ろにまわされて縛りつけられた。あっという間のことで抗う暇もなかった。縛めはきつくないが、身動きできなくなった。

「う……うっ……」

「若旦那が手を出すのはやはりよくありません。おかみさんのこともあります。せっかく立て直そうとしている品川の店もあります。若旦那を罪人にはできません。どうか、どうかお許しくださいまし」

利兵衛は額を畳に擦《こす》りつけて謝った。勘次郎は猿ぐつわの隙間《すきま》からうめき声しか漏らせない。

「これから弥兵衛と話をしてきますが、ちゃんと連れてきて若旦那に詫《わ》びを入れさせます。それで堪忍してくださいませんか」

勘次郎は目をみはったまま利兵衛をにらんだ。

「旦那様の恨みは、きっちり晴らします」

「拙者《せっしゃ》も徳兵衛殿の恩義には報いなければならぬ。勘次郎殿、手荒なことをしてすまなんだ。だが、一時の辛抱だ」

「さて、まいりましょう。若旦那、しばしお待ちください」

利兵衛はもう一度、勘次郎に頭を下げて立ちあがった。

五

「出てきた」

与茂七が目の先に見える寮を見てつぶやいた。

矢野屋の寮から戻ってきたばかりの丸橋金三郎が、今度は利兵衛といっしょに玄関からあらわれた。

しかし、勘次郎は出てこない。丸橋金三郎と利兵衛はそのまま寮を離れてゆく。

「旦那、勘次郎が出てきません」

与茂七が伝次郎に顔を向けた。

「また戻ってくるのかもしれぬ。されど、気になる。粂吉、ちょいと尾けてくれ」

「今度はおれが行きましょうか」

与茂七が言った。

「おまえは一度、丸橋に顔を見られている。もし見つかったら言い訳ができぬであろう」

「そっか……」

「じゃ、行ってきます」

粂吉はそのまま林のなかをまわり込んで金三郎と利兵衛のあとを追った。

矢野屋の寮の玄関に立った利兵衛は金三郎と目を合わせた。互いに小さくうなずく。金三郎がまわりを警戒するように見たとき、利兵衛が玄関の戸に手をかけて開けた。

奥の座敷からくすくすと笑うお定の声が聞こえてきた。利兵衛は下腹に力を入れると、ゆっくり廊下にあがった。ミシッと足許の床が鳴る。障子を開けると、そこはがらんとした座敷で、その先にある座敷から声が聞こえてくる。

「いやだ旦那、そんな馬鹿なことってあるんですか……」

「それがあるんだよ。世の中というのは何があるかわからない。思いもよらぬところに思いもよらぬものがあったり、考えも及ばないことがあったりだ。さ、やりなさい」

「わたし酔ってきましたよ」

お定の甘ったるい声に、弥兵衛が言葉を被せる。

「酒は酔うものだよ。おまえさんはまだまだ若い」

「こんばんは」

利兵衛は廊下に立ったまま奥の座敷に声をかけた。金三郎がすぐそばに立つ。

「誰か来たみたいですわ。とめ、とめや……お客かい？」

お定が声をかけてくる。とめの返事がないので、

「とめ、誰か来たんじゃないのかい？」

と、お定が言葉を重ねて立ちあがる気配がした。

利兵衛は一度開けた障子を閉め、息を殺して待つ。お定が奥の座敷の襖を開けて閉め、畳を擦って近づいてくる。

障子ががらっと開けられた。はっとお定が目をみはって驚き顔をした。襟を抜いたしどけない恰好《かっこう》だった。

つぎの瞬間、お定は悲鳴をあげそうになったが、金三郎の当て身を食らってその場に倒れて動かなくなった。

うっとうめく声と、どさりと倒れる音がしたので、

「お定、何をしてる？」

と、弥兵衛が襖の向こうから声をかけてくる。

利兵衛と金三郎は一気に進んで、奥座敷の襖をすっと開けた。

酒を飲んでいた弥兵衛がぎょっとなって顔を向けてきた。

「矢野屋さん、お楽しみのところ邪魔をしますよ」

利兵衛はずかずかと座敷に入った。

「な、なんだ。おまえさんは松村屋の利兵衛……」

「いまはただの隠居でございます」

「なんだ、いったいどういうことだ」

弥兵衛の目が利兵衛と金三郎を忙しく行き来する。

「やい利兵衛、何をしているのかわかっているのだろうな」

弥兵衛は喚くなり、手にしていた盃を利兵衛に投げつけ、

「出て行けッ！」

と、片膝を立てた。

投げられた盃は利兵衛の後ろの襖にあたって落ちた。

「そうはいきませんよ。弥兵衛さん、今夜はじっくりあんたと話をしなければならないんです」

利兵衛が低く抑えた声で言うのと同時に、金三郎が抜いた刀をさっと弥兵衛に向けた。

「ひッ、な、何をするんだ？」

「ここでひと思いにやってもいいんですが、弥兵衛さん、あんたにはわかってもらいたいことがいろいろあってね」

「な、なんだ……」

弥兵衛は顔色《がんしょく》をなくし、声をふるわせた。

がらっと玄関の戸が開く音がした。利兵衛と金三郎がそっちに目を向けたとき、弥兵衛が逃げようとしたので、利兵衛は襟首《えりくび》をつかんで引き倒した。

「おい、そこで何をしておる？」

利兵衛は弥兵衛を押さえ込んだまま、ぎょっとなって金三郎を見た。

「おれが見てくる」

金三郎はそのまま玄関に向かった。

六

玄関の前に立った伝次郎は、家のなかに警戒の目を光らせていた。そこへ丸橋金三郎があらわれた。

「おぬし、何者？」

金三郎が鋭い眼光で見てきた。

「ここで何をしておる？」

「おぬしこそ、何用だ？　いま取り込んでおる。用があるならあとにしてくれ」

金三郎は土間に下りると玄関を閉めようとした。

「おっと、そうはいかぬ。矢野屋弥兵衛に用があってまいったのだ。おぬし、丸橋金三郎という者であるな」

金三郎の目がくわっと見開かれた。

「松村屋の敵を討つための助太刀《すけだち》であるか」

「なにをっ。さてはきさま、矢野屋の雇われ者か……」

「いいや」

「ならば邪魔立て無用」

金三郎はそう言うなり腰の刀を引き抜き、さっと斜めに振った。脅しだとわかったが、伝次郎はさっと飛びのいた。金三郎はそのまま玄関から出てきた。

「斬り合いをしに来たのではない。松村屋の敵を討つつもりであろうが、それは浅はかなことだ。利兵衛はどこにいる？」

「きさま、何者だ？」

「南町奉行所内与力並《うちよりきなみ》、沢村伝次郎。御奉行のお指図を受けてこの敵討ちを止めにまいった」

「な、なに……」

金三郎は片眉を動かし訝《いぶか》しげに伝次郎をにらんだ。

「馬鹿な。そんなことがあるわけがない。御番所を騙《かた》るとは不届き千万《せんばん》」

金三郎はそう言うなり斬り込んできた。伝次郎は跳びしさってかわしながら腰の刀を抜いた。

「斬り合いに来たのではないと言っているのだ」

「ええい、ほざくなッ！」

金三郎は地を蹴って一足跳びに袈裟《けさ》懸《が》けに撃ち込んできた。伝次郎はすり払って、間合いを取り、正眼《せいがん》に構えた。

金三郎は剣尖《けんせん》を地に向けた下段の構え。膝を折り、腰を落とし、眦《まなじり》を吊りあげてにじり寄ってくる。道場の師範代を務めていたというだけあって隙がない。

「おぬしを斬るつもりはない」

伝次郎は諭そうとするが、

「黙れッ！」

と、金三郎は遮って突きを送り込んできた。

伝次郎は剣尖を払って横にまわる。金三郎はその動きに合わせて体勢を整え、刀を中段に取った。

伝次郎は顎紐《あごひも》をゆっくりほどき、被っていた編笠を投げた。

目の前で舞う小雪が風に流されてゆく。伝次郎の鬢《びん》の毛がふるえるように動き、羽織の裾がめくれた。足許を雪を被った落ち葉が転がる。

「刀を引け、おぬしを斬りに来たのではない」

伝次郎は再度諭したが、金三郎は聞く耳を持たない。一気に間合いを詰めてくると、上段から撃ち込んできた。

伝次郎は刀の棟《むね》で受け止めた。

ガチッと鋼《はがね》同士のぶつかる音がして小さな火花が散った。

「うむ……」

歯を食いしばって金三郎は下がったが、すぐさま胴を払い斬るように刀を振る。

伝次郎は半身をひねってかわすが、こうなったら反撃しなければならない。金三郎は本気で斬り込んでくる。

間合いを取った伝次郎は柄《つか》をにぎり直し、右八相《はっそう》に構えて隙を窺う。金三郎は下段から中段に移した刀を引きつけるなり、鋭い突きを送り込んできた。

伝次郎は刀を絡めるように動かし、金三郎の肩先を狙ったが、ぴっと羽織の裾を切っただけだった。同時に伝次郎の右袖が断ち斬られていた。

さっと離れると、正眼に構えて間合いを詰める。

金三郎も下がらずに詰めてくる。太い眉の下にある禍々《まがまが》しい目を光らせ、引き結んだ口をねじ曲げて、地を蹴って斬り込んできた。

伝次郎は金三郎の刀をすり落としながら、素速く背後にまわり込み、後ろ肩口に二尺三寸四分の井上真改《いのうえしんかい》をたたきつけた。

「うっ……」

金三郎が片膝をついて恨みがましい目を向けてきた。そのとき、伝次郎の剣尖は金三郎の後ろ首にあてがわれていた。

「斬ってはおらぬ。棟撃《むねう》ちだ」

言われた金三郎は悔しそうに唇を噛み、棟撃ちされた肩口を押さえた。

そのとき粂吉と与茂七が駆け寄ってきた。

「あ、きさまは……」

金三郎が与茂七に気づいた。

「粂吉、こやつの刀を取れ」

金三郎は刀を後ろ首に突きつけられているので動けない。粂吉が刀を取りあげて、後ろ手に縛りあげると、

「利兵衛はなかにいるのだな」

と、伝次郎は金三郎に問うた。

「まことに御番所の者か？」

「嘘は言わぬ」

金三郎は観念したようにうなだれた。

それを見た伝次郎はゆっくり刀を鞘に納めると、玄関に向かった。

第六章　直談判

一

玄関からすぐの座敷にお定が気を失って倒れていた。

「丸橋さん」

閉まっている襖の向こうから声がした。伝次郎は無言のまま進んで、襖をするりと引き開けた。

「あ……」

背後から弥兵衛の首に短刀をあてがっていた利兵衛が、驚き顔を向けてきた。

「南町奉行所の沢村伝次郎だ。利兵衛、弥兵衛から離れろ。妙な動きをすれば、容《よう》赦《しゃ》はせぬ」

伝次郎は腰の刀の鯉口《こいぐち》を切って脅した。

「ど、どうして御番所の……」

利兵衛はあっけにとられた顔をしている。

「離れるのだ」

伝次郎は再度忠告した。

利兵衛は躊躇《ためら》ったが、座敷にあがってきた粂吉と与茂七を見ると、あきらめたように弥兵衛に突きつけていた短刀を引いて離れた。

弥兵衛がほっと安堵の吐息を漏らし、

「旦那、この男はわたしを殺しに来た不届き者です。勝手に人の家に入り込んできた狼藉者《ろうぜきもの》です。すぐにも縛りつけて引っ立ててください」

と、乱れた襟を直しながら利兵衛から離れた。

「引っ立てたいのはおぬしのほうだ」

「えッ……」

弥兵衛は信じられないという顔で目をしばたたいた。

「いろいろ調べさせてもらったが、おぬしがいけ好かぬ商人《あきんど》だというのがよくわかった。松村屋に恨まれるのも道理であろう」

「いったいどういうことで……」

「それはおのれの胸に聞けばわかることではないか」

伝次郎は火鉢の前にどっかりと腰を下ろした。

「利兵衛、本気で敵討ちを考えていたのか？」

「いえ、それは……」

利兵衛は膝を揃《そろ》えて座り直し、言葉を濁した。

「弥兵衛を手にかけるつもりはなかったのだな」

「……正直に申します。もし、弥兵衛さんが強情《ごうじょう》を張れば、命をもらうつもりでした。しかし、それは弥兵衛さんの出方次第だと考えていました」

「沢村様、この男は狼藉者ですよ。殺すつもりでわたしを脅したのです。こんな男の話を信用されてはなりません。あ、お定……」

弥兵衛は気を失って倒れているお定に気づいた。

「与茂七、起こしてやれ。それから粂吉、丸橋をここに連れてこい」

伝次郎は指図したあとで弥兵衛と利兵衛に顔を戻した。

「利兵衛、ずいぶんと用意周到《しゅうとう》なことをやったようだな。矢野屋を恨んでいる松村屋が、このままおとなしく引っ込んではいないという噂が、ひそかに流れていたのを知らなかったか」

利兵衛は息を呑んで伝次郎を見た。

「まあ、噂はそのまま立ち消えになることが多い。されど、そのことを気にされたのが、松村屋徳兵衛を裁かれた南町奉行だ」

「……まさか、そんなことが……」

「あるのだよ。だからおれはお奉行の指図を受け、ひそかにおぬしらの動きを見張っていたのだ。まあ、おれにもわからぬことはあるが、利兵衛……」

「はい」

「弥兵衛を脅して、どうするつもりだったのだ?」

「沢村様、そんなことはどうでもよいことではございませんか。この男は狼藉をはたらいたのです。さっさと御番所なり番屋に引っ立ててください」

弥兵衛は早口でまくし立てた。

「黙れ！　きさまに聞いているのではない」

弥兵衛は一喝《いっかつ》されてしゅんとなったが、気を取り戻したお定が伝次郎の背後に座ったのを見ると、

「お定、大丈夫かい。怪我はないかい？」

と、声音を変えて心配した。

「大丈夫ですけど、これは……」

お定はわけがわからないという顔でみんなを眺める。そこへ粂吉が丸橋金三郎を連れてやってきた。

「沢村様、いざとなれば弥兵衛さんを殺すつもりでした。ですが、弥兵衛さんが詫びを入れてくれるなら、それまでの恨みつらみを水に流してくれと若旦那に頼もうと考えていました」

利兵衛が言った。

「利兵衛、わたしがなぜ詫びを入れなきゃならない。何を言っているのだ！」

弥兵衛が憤慨した顔で利兵衛をにらんだ。利兵衛はすぐに言葉を返した。

「あんたはわかっていないようだな。どれだけ若旦那を苦しめたか、どれだけ旦那

様を苦しめたか……それだけではない。切りがないほどあんたには言いたいことがある」

「何があると言うんだ。わたしは何もしていない。おまえさんらに恨まれる筋合いもない。沢村様、こんな狼藉者の話など聞いても埒《らち》が明きません。さっさと捕まえてください」

弥兵衛は伝次郎たちが味方についていると誤解しているようだ。

「やめぬか。話はとくと聞いてやる。勘次郎はどこだ？　利兵衛、おぬしらがいた寮で待っているのか？」

「いっしょに乗り込んだら若旦那は何をするかわかりません。それにもし、わたしたちが弥兵衛さんを手にかければ、若旦那も同罪になります。若旦那に罪を負わせることはできません。それで、若旦那には待ってもらっています」

伝次郎は眉宇をひそめてから、金三郎を見た。

「丸橋、利兵衛はそう言っているが、まことの話であるか？」

「さようです。勘次郎殿には端から手を出させるつもりはありませんでした」

「それなのに、この寮の近くまで連れてきておるではないか。ご丁寧に馬喰町の旅人宿で落ち合ってもいる」

金三郎は驚き顔をした。

「あの宿のことも……」

「ここ数日、おぬしらを見張っていたのだ」

「そんなこととは……」

途中で言葉を呑んだ金三郎は、利兵衛を見て深いためいきをついた。

「ま、よい。まだおれには話が見えぬ。与茂七、勘次郎をここに連れてこい」

与茂七が出ていくと、伝次郎はお定を見て、

「悪いが、茶を淹れてくれぬか」

と、余裕の体《てい》で命じた。

二

茶を飲み終わる前に、与茂七が勘次郎を連れて戻ってきた。

「これは……」

座敷にあがってきた勘次郎は、狐《きつね》につままれたような顔をしてみんなを眺めた。

「若旦那は柱に縛られ、猿ぐつわを嚙ませられていました」

与茂七が伝次郎に報告した。

「勘次郎、利兵衛と丸橋はおまえさんを罪人にしたくないから、そうしたようだ。堪忍してやれ」

「沢村様は……御番所の方だったのですね」

勘次郎は立ったまま伝次郎を見てつぶやくような声を漏らした。

「あのとき言わなかっただけだ」

「でも、こんなふうになるとは……矢野屋弥兵衛」

「なんだ」

弥兵衛は勘次郎を見返した。

その瞬間だった、勘次郎は畳を蹴るようにして前に跳ぶと、弥兵衛に飛びかかり馬乗りになって首を絞めにかかった。

「この野郎、この野郎！　殺しても殺しても飽き足りぬ男とはきさまのことだ」

「やめろ、やめぬか！」

伝次郎が声を張る間に、条吉が二人を引き離した。勘次郎は興奮して肩を激しく動かしていた。

「なんてことを……」

弥兵衛は恨みがましい目で勘次郎をにらんだ。機敏に動いた与茂七が、その片腕をつかんでいた。

「おとっつぁんを殺したのはおまえだ！　お辰を殺したのもおまえだ！　それがわかっていないのか！　どんな思いをしておとっつぁんとお辰が死んだか、そのことを考えたことがあるか！　やい、矢野屋。二人を殺したのはおまえだ！　おまえが殺したのだ！」

条吉に羽交《はが》い締《じ》めされている勘次郎は体を動かして喚いた。興奮はしばらく収まりそうにない。その目に涙をにじませ、口の端からつばきを垂らしていた。

「どんな思いでおとっつぁんは首を吊っただろうか。無念だったに違いない。おまえが手込めにしたお辰は孕《はら》んでいたんだ。なんてひどいことをしてくれたんだ。あのとき、わたしはどんなに訴えようかと考えたことか。おとっつぁんも訴えようと考えていた。だけど、おまえに唆《そそのか》されて二人だけで会うなどおまえの罠《わな》にかかったお辰にも落ち度はあった」

伝次郎たちは黙っていた。

表から風の音が聞こえてくるだけだった。勘次郎はつづけた。

「だから、だからね。わたしは涙を呑んで何もしなかった。その苦しい思いをおまえは何もわかっていない。矢野屋、おまえへの恨みはそれだけではない。なぜ、どうして、松村屋のあら探しをしたんだ。うちの店に何の恨みがあったというのだ。ええ、黙ってないで教えてくれ」

思いの丈《たけ》をまくし立てた勘次郎は、目の縁《ふち》を赤くしていた。

矢野屋は言葉を返せず黙り込んでいる。

「若旦那、なぜ矢野屋が松村屋に、旦那様に辛くあたったかはわかっています。いままで話しませんでしたが、矢野屋は松村屋に問屋仲間から消えてほしかったのです」

そう言った利兵衛を、勘次郎は目を見開いて見た。

「そうだな、矢野屋弥兵衛さん」

利兵衛は蔑《さげす》んだ目を弥兵衛に向けた。

「ありもしないことを……」

「ここにいたって白《しら》を切るか。あんたは鹿島屋の後ろ盾になった。それは鹿島屋から望外《ぼうがい》なもてなしを受けてきたからだ。鹿島屋があんたに近づいたのは、何としてでも問屋仲間に入れてほしかったからだ。何よりあんたは問屋仲間の行司として、仲間内の仕切り役だった。それだけの力があった。そして近づいてくる鹿島屋をあんたはうまいこと使い、私腹を肥やした。いまもそうだろうが、松村屋が消えればあんたは何もしないで、利益を得ることができる」

「そんなことは……」

黙っていた弥兵衛が口を開いた。だが、すぐにうつむいた。

「鹿島屋が仲間に入るときに、あんたは礼金をもらったね。仲間に入れたという謝礼だ。その他にも鹿島屋から裏銭《うらぜに》をもらっている。矢野屋、白を切っても無駄だよ。そのことはちゃんと調べずみだ」

利兵衛は弥兵衛を短くにらんでつづけた。

「わたしは元松村屋の番頭だ。そのぐらいの調べはできる。だけど、それはあんたと鹿島屋の約束だ。他人が口を出すことではない。だけどね、わたしは旦那様があんたを斬りつける前に、心の内を明かされたのだよ」

いまは誰もが利兵衛の話に耳を傾けていた。

うつむいているのは弥兵衛だけだ。

「娘のように可愛がって育てたお辰さんが、あんたに手込めにされ、そして若旦那に離縁された。そのあとでお辰さんは身投げをして命を絶った。あれからしばらくして、わたしは旦那様に聞かされたのだよ。あんた、若旦那の兄さんが可愛がっていた犬を殺したことがあるね」

さっと弥兵衛は顔をあげた。

「もうずいぶん昔のことだ。旦那様は、その勘助さんのことを話されまして……」

利兵衛はそう言って長い話をはじめた。


それは下り酒問屋の寄合の前の日だった。

「利兵衛、折り入って話したいことがあるので奥に来てもらえるか」

利兵衛が帳場で片付けをしていると、徳兵衛がいつになく硬い表情を向けてきた。

「何でございましょう」

「いいから来てくれ」

利兵衛は一度徳兵衛を見送ってから帳場を離れ、奥座敷に行った。

徳兵衛は思い詰めた顔で待っていた。利兵衛が腰を下ろして座ると、徳兵衛はゆっくり口を開いた。

「ここだけの話にしてもらいたい」

徳兵衛はそう前置きをして話しはじめた。

「明日は寄合に出かけるが、もう戻ってこないかもしれない。そうならないことを祈っているが、よくよく考えてのことだ」

「戻ってこないとは、どういうことでございましょう？」

利兵衛は思いがけない言葉に目をしばたたいて徳兵衛を見つめた。

「矢野屋さんのことだ。我慢に我慢をしてきたが、このままでは下り酒問屋仲間の和が保てない。誰かが憎まれ役になって矢野屋さんを止めなければならない。その役をわたしは引き受けようと決めた」

「ちょっとお待ちになってください。それはいったいどういうことでございます」

利兵衛は慌てて膝を擦って近づいた。

「薄々《うすうす》知っているとは思うが、矢野屋さんのやり方に目をつむっていられなくなった。昨年の暮れ、わたしは矢野屋さんから行司を引き継いだが、いつも矢野屋さんはかき乱してくる。他の問屋仲間も迷惑をしている。みんな黙っているけど、肚のうちはわかっている。それに、わたしはあの人に恨みがある」

「恨み……」

利兵衛は呆然と徳兵衛を見つめた。

「そうだ。まず、ひとつは勘助が可愛がっていた犬を矢野屋さんに殺されたことだ。それはずいぶん昔のことだが、わたしの心に引っかかりつづけていた。そして、お辰のことがある。わたしがお辰を引き取った経緯は知っているだろう」

「もちろん存じています」

「あの子のことをわたしは、自分の娘だと思って育ててきた。そして勘次郎と夫婦《めおと》になった。それはそれで喜ばしいことだった。でも、それは長くつづかなかった。お辰は矢野屋に手込めにされた」

徳兵衛は悔しそうに口を引き結び、はっと吐息を漏らしてつづけた。

「手込めにされ、その挙げ句、勘次郎に離縁されて身投げをして命を絶った。わたしはあのとき、矢野屋を許せないと思った。いつかきっと痛い目にあわせると心に誓った。お辰の死体が揚がったと知らされたとき、ふと死んだ勘助が最後に口にした言葉が脳裏に甦《よみがえ》ったのだよ。勘助は『助けて、タロを助けて、タロを許してくれ』と、そう言って息を引き取った」

そのことは利兵衛も知っていた。あのときの徳兵衛の悲しみは痛いほどわかった。

徳兵衛はつづけた。

「おそらくお辰も、矢野屋に襲われたときに同じようなことを口走ったに違いない」

徳兵衛は悔しそうに口を引き結び、そして、また口を開いた。

「お辰は矢野屋に口を塞がれていても、『お願いですからやめてください、やめてください。助けて……』と、苦しみながら懇願したに違いない」

「…………」

「お辰はそういう女だった。そんなことを思うと、我慢もここまでと思うようになった。むろん、商売に茶々を入れられるのは腹立たしかったが、それは自分ひとりが我慢すればよいことだった。いずれ、いまより商売を大きくして、矢野屋が頭があがらないようにすればよいと考えていた」

徳兵衛は言葉を切って、何度か苦しそうに息をついた。利兵衛は黙って耳を傾けながら、苦悩の色をあらわにしている徳兵衛を見つめつづけた。

「お辰が死んだのは、勘次郎に離縁されたからではない。考え詰めれば矢野屋の邪《よこしま》な乱暴のせいだった。矢野屋に手込めにされなければ、お辰は死ぬことはなかった。勘助の犬を殺したように、お辰も殺されたのだと思うようになった」

「まさか、旦那様。矢野屋さんを……」

徳兵衛は首を振った。

違うという否定にも、口を挟むなと言う仕草にも取れた。

「わたしはたくさんの奉公人を抱えている、軽はずみなことはできない。もちろんお辰から真相を聞かされたとき、訴えることも考えたが、もし矢野屋に白を切られれば証《あかし》を立てることが難しい。また身内の不幸を世間に曝《さら》すのも、店に傷がつくことになる。そのことを考えると、堪忍しているしかなかった。ところが、正月明けの寄合のあとだった」

「………」

「わたしは会所を出ようとしていた矢野屋を呼び止めた。少し話をしたいと言ってね。矢野屋は迷惑そうな顔で、履いたばかりの草履を脱いで座敷にあがってきた。わたしは言ってやったのだよ。矢野屋さん、口うるさくおっしゃるのは仲間のことを思ってのことでしょうが、もう少し穏やかに話し合いをしてもらえませんか。いまの行司はわたしなんです。混ぜっ返されると、なかなか話がまとめにくくなります。どうかその辺のことお考えくださいと……」

「それで矢野屋さんは何と……」

利兵衛が問うと、徳兵衛は自嘲めいた笑みを浮かべて話した。

「何を言うかと思えばそんなことか、と言われたのだよ。それから、いいかい松村屋さん、あんたがまとめ切れないからわたしが口を出すしかないのだよ。行司ってのは寄合の仕切り役だ。わたしゃ何年も務めてきたからよくわかっているが、あんたはまとめ方が下手くそだ。見てられないんだよ。だから、うるさく思われてもいいと思って老婆心《ろうばしん》で言っているんだ。そんな迷惑顔をされるのは心外だね。駆け出しの行司なんだから、わからないことがあればわたしに頭を下げて教えてくださいと言えばいいだろう。そうじゃないかね。と、そんなことをまくし立てられた」

初めて聞いたことだが、利兵衛は腹が立った。

「わたしも黙っていなかったよ。ちゃんと言葉を返した。あまりにも細かいことをつつきすぎやしませんか。目をつむってもいいところもあるはずですとね。ところが矢野屋は弁が立つので黙っていなかった。目をつむればいいなんてとんでもない。そんなことしたら、問屋仲間は好き放題をやってしまうだろう。引き締めるところは引き締めなきゃならない。わたしの言っていることは間違っているかね。そう言って、わたしを鬼のような目でにらんできた」

「それで、どうなさったのです？」

「わたしは矢野屋に、小網町と日本橋の問屋仲間三軒がひそかに締め売りをしている疑いのあることを突きつけようかと思ったが、ぐっと喉元で抑えて、おっしゃるとおりですと折れた。だけど、矢野屋はそれで引っ込みはしなかった。折れたわたしに、だったら余計なことは言わなくてもいいだろう、気分が悪くなるとはこのことだ。そう言って、畳を蹴るようにして立ち、会所を出て行った。あのときからわたしは考えつづけてきた」

「…………」

「江戸の下り酒問屋仲間の和を保つためには、矢野屋を懲《こ》らしめなければならないと。だから明日の寄合でわたしは牙を剝くかもしれない」

「旦那様、無茶なことはおやめくださいまし。牙を剝くなんてあまりにも怖《おそ》ろしすぎます」

「利兵衛、これは悩みに悩んだ末のことだ。わたしの気持ちは変わらない」

「そうはおっしゃっても……」

利兵衛は徳兵衛の暴発だけは止めなければならないと思った。

「和が保てなくても、いまの問屋仲間はそれなりにうまくいっているのではありませんか」

「ところがそうではない。みんな不平不満があるのだよ。それは溜まりに溜まっている。誰かが動かないと、いまの問屋仲間は壊れてしまう。商売は御上の保護を受けて成り立っているのだよ。問屋仲間が散り散りになれば、御上への申しわけも立たない」

「だからって旦那様が矢面《やおもて》に立つことはないのではございませんか」

利兵衛は窘めたが徳兵衛は首を振った。

「もう決めたことだ。利兵衛、頼みがある」

「何でございましょう」

利兵衛が身を乗り出すと、徳兵衛は真新しい帳面を出した。

「万が一のことになれば、この帳面どおりのことを差配してもらいたい。それから奉公人たちが食えなくなると困るので、その世話もお願いしたい。まことに勝手な申し分であるが、おまえさんに頼みたい。このとおりだ」

徳兵衛は深々と頭を下げて、額を畳に押しつけた。そのとき、利兵衛は徳兵衛の覚悟を思い知らされた。

三

「そんなことを、おとっつぁんが……」

利兵衛の話が終わって最初に口を開いたのは、勘次郎だった。その目は弥兵衛に向けられていた。

「矢野屋、何か言うことはないか」

勘次郎は鋭い目を弥兵衛に向けた。

弥兵衛はうつむいたまま黙っていたが、ゆっくり顔をあげると、

「だから、わたしにどうしろというのだね」

と、憎々しげな目を勘次郎に向けた。

「謝れ！　詫びを入れなさい！」

怒鳴り声をあげ、膝許の畳を力強くたたいたのは利兵衛だった。その顔は真っ赤になっていた。その気迫に気圧《けお》されたのか、弥兵衛はのけぞるように後ろ手をついた。

「矢野屋、心の底から詫びを入れるのだ」

金三郎だった。

「…………」

弥兵衛は金三郎を見た。

「利兵衛殿は、きさまが詫びを入れなきゃ、刺し違えるつもりでここに来たのだ。おれはその介錯《かいしやく》のために来た」

「なぜ、あなたが……？」

「おれは徳兵衛殿に恩義がある。情けをかけてもらい、妻を助けてもらった恩義が。その徳兵衛殿が死んだのはきさまのせいだ。そのことを知ったとき、おれはきさまが許せなくなった。だから利兵衛殿の相談を聞き入れて付き合うことにした。きさまの出方次第で、おれは斬るつもりだった。斬れば罪人になるが、それは覚悟のうえでまいったのだ。矢野屋、言い条《じょう》があるならここにいるみんなの前で申してみろ」

弥兵衛は口をもごもご動かして唇を引き結んだ。

黙ってこのやり取りを聞いている伝次郎は、弥兵衛に侮蔑《ぶべつ》の目を向けていた。

金三郎がまた口を開いた。

「利兵衛殿はここに至っても、きさまのことを慮《おもんぱか》ったのだ」

「わたしのことを……」

弥兵衛は意外だというように細い目をみはった。

「きさまひとりが死んでも矢野屋は潰れはしないだろう。立派な跡取りがいるらしいからな。されど、きさまが急死すれば店は混乱を来《きた》す。商売にもさわる。そうなれば大勢の奉公人にも迷惑がかかる。畢竟《ひっきょう》、きさまが勘次郎殿に心の底から詫びを入れることで、勘次郎殿の憎しみや恨みといったことを忘れてもらおうと考えたのだ。詫びを入れなければ、きさまは死ぬまで人の恨みを買って生きることになる。さあ、どうする！　弥兵衛」

金三郎は最後の一言に力を込めた。

弥兵衛の肩がびくっと動いた。勘次郎は唇を噛んで、弥兵衛をにらみつづけている。

伝次郎はおれの出る幕ではないなと、この場を静かに見守っている。

弥兵衛が静かに尻を擦って下がった。それから深々と頭を下げた。

「勘次郎さん、どうかお許しを。そこまで言われたら、返す言葉がありません。どうか、ご寛恕《かんじょ》のほどを。これこのとおりでございます。申しわけございませんでした」

弥兵衛は額を畳に擦りつけた。

勘次郎は大きなため息を漏らした。

「お許しください。お許しください」

弥兵衛は再度謝った。

みんなはその哀れな姿を蔑んだ目で眺めていた。

「若旦那……」

利兵衛が勘次郎に声をかけた。

「もういい。言うだけのことを言ったし……」

勘次郎は溜飲《りゆういん》を下げた顔をしていた。

「矢野屋さん、よくぞ詫びを入れられた。だけどね、わたしはそれであんたを信用したわけではない。若旦那も信用されていらっしゃらないはずだ」

「…………」

弥兵衛はわずかに顔をあげた。

「あんたが過ちを認めた以上、償いをしてもらわなければならない。御番所の与力様がいらっしゃる前ではあるけれど、一筆書いてもらいましょう」

そう言う利兵衛はちらりと伝次郎を見てきた。伝次郎は黙っていた。口を挟まず、利兵衛の差配を見届けたいと思っていた。

利兵衛は矢立《やたて》と半紙を懐から出すと、弥兵衛の前に差し出した。

「ここに至って店を返せ、問屋仲間にもう一度入れてくれとは言えない。もっとも、若旦那もそんなことは望んでらっしゃらない。そうですね」

利兵衛は勘次郎を見た。勘次郎は小さくうなずいた。

「償いは千両。耳を揃えて払っていただきましょう。それから、あんたには問屋仲間の肝煎りから下りてもらう。そのこと書いてもらいましょう」

「そ、そんなわたしが肝煎りを下りたら、問屋仲間は……」

利兵衛は静かにかぶりを振った。

「わかってらっしゃいませんね。死んだ旦那様は、仲間の和を保つために、あんたを外したかったのだよ。それにあんたもいい歳だ。潔く身を引く頃合いではありませんか」

利兵衛は諭すように言うと、膝を変えて勘次郎を向いた。

「若旦那、これで不服はありませんね」

「わたしは……もう、よいよ」

利兵衛は再度、弥兵衛に顔を向けた。

「さあ、一筆書いていただきましょう」

利兵衛に言われた弥兵衛は、ゆっくり筆を執り、ふるえる手付きで言われたことを書いていった。

「爪印《つめいん》を……」

利兵衛が言った。弥兵衛は書き終えた書面に爪印を押した。

それを手にした利兵衛は、

「若旦那、お収めください」

と、勘次郎に証文《しょうもん》をわたした。勘次郎が証文をひと眺めして懐に収めると、利兵衛は伝次郎に体を向けた。

「沢村様、どうぞお好きなように……」

そう言って、両手を縛ってくれと言うように差し出した。

四

伝次郎は利兵衛を眺めた。家のなかはしーんと静まっていた。

いつしか風の音も消えていた。

「わたしは矢野屋弥兵衛さんを脅しました。この寮に乗り込んで狼藉もはたらきました」

利兵衛は観念した目を伝次郎に向ける。

伝次郎はふっと口の端に微笑を浮かべた。

「利兵衛、天晴《あっぱ》れであるな。感心いたした。これで松村屋徳兵衛も勘次郎も、そしてお辰という勘次郎の元女房も、少なからず救われた思いであろう」

「すると……」

利兵衛はわずかに目をみはった。

「みんな、引きあげだ」

伝次郎はそう言って立ちあがり、

「勘次郎、送ってまいろう。利兵衛、丸橋、そのほうらもおれといっしょに帰るのだ」

利兵衛と金三郎は虚をつかれたように顔を見合わせた。

「ここでの用はすんだはずだ。それとも、まだ何かあると言うか……」

「いいえ」

利兵衛が答えた。

「では、まいろう」

「旦那、ここの女中と下男は……」

与茂七が思いついた顔で言った。

「納屋に押し込んでいます。拙者が行って放します」

金三郎が慌てて立ちあがろうとすると、粂吉が縛めを解いた。

「さあ、勘次郎」

伝次郎はもう一度勘次郎に声をかけて表へ促した。

残された弥兵衛は萎《しお》れたようにうなだれていた。その姿をお定が冷え冷えとした目で見ていた。

表に出ると雪は止んでいた。

西の空は熟柿《じゆくし》色に染められ、間もなく日が暮れようとしている。

金三郎が庭の隅にある納屋を開けて、女中のとめと下男の甚助を外に出した。とめと甚助は何が何やらわからぬ顔で伝次郎たちを眺め、そして腰を折って頭を下げた。

伝次郎は舟着場まで行くと、勘次郎と利兵衛、そして金三郎を猪牙舟に乗せた。

帰りは下りなので、与茂七に棹を持たせた。粂吉が気を利かせて舟提灯をつける。

「出します」

与茂七の声で、猪牙舟は舟着場を離れ、隅田川の流れに乗った。

薄暗くなった土手道や河岸道に黒い人の影が動いている。

「丸橋殿、死んだ松村屋徳兵衛に恩義があると言ったが、それはどういうことだ？」

伝次郎は猪牙舟が川中に進んだところで、金三郎に声をかけた。

金三郎は松村屋徳兵衛に妻を助けられたことを話した。

「妻が年を越して生きながらえることができたのは、徳兵衛殿の恩情があったからです。もし、目をかけてもらわなかったら、妻は数日で死んでいたかもしれませぬ。妻もここまで生きられたのは、松村屋のおかげだと死に際に感謝していました。それなのに拙者は、徳兵衛殿が死んだことを知りませんで……」

「さようなことがあったか……松村屋徳兵衛というのは、いい男だったのだな」

「いい人でした」

金三郎は消え入るようなつぶやきを漏らし、

「これで少しは救われたかもしれませぬ」

と、言葉を足した。

伝次郎は舟提灯のあかりを受ける金三郎の顔を眺めて小さくうなずき、今度は利兵衛に声をかけた。

「利兵衛、ひとつ聞くが、もしおれたちがあらわれず、弥兵衛が詫びを入れなかったらどうするつもりであった？」

「丸橋さんと敵を討ち、果てるつもりでした。ですが、そこに若旦那を入れてはならないので、いったん借りた寮に閉じ込めておくしかありませんでした」

「ならば端から勘次郎を付き合わせることはなかったのではないか」

「いいえ、若旦那は旦那様が死んだのは、弥兵衛に殺されたのも同然だとお考えでした。その思いは痛いほどわたしはわかっていましたので……」

そのことを聞いた勘次郎が利兵衛を見た。利兵衛はつづけた。

「その思いをわたしは蔑《ないがし》ろにはできないと考えました。であれば、若旦那の思いに従おうと考えたんでございます」

「それで勘次郎を付き合わせたのか……」

「若旦那の思いを遂げさせるには、あるところまで付き合わせるしかないと考えました。わたしはあとで恨まれても、裏切り者と罵《ののし》られてもかまいませんでした。若旦那には生きてもらい、旦那様に負けない商人になってほしいという願いがあります。それに、おかみさんにも孝行してもらわなければなりません」

「利兵衛さん……そんなことを……」

話を聞いていた勘次郎は口をつぐんで目に涙を溜めた。

「それに矢野屋を潰すことなど端から考えてはいませんでした。あの店の奉公人にも弥兵衛の身内にも罪はありません。罰しなければならないのは、善人面して汚い商売をし、旦那様を追い落とした弥兵衛のみです」

「そうであったか」

伝次郎は利兵衛の深い思いやりに少なからず胸を打たれた。

利兵衛も勘次郎も黙り込んだまま川下を眺めていた。吾妻橋をくぐり抜けると、両岸の町屋に蛍のようなあかりが見えてきた。

風は肌を刺すように冷たかったが、伝次郎の心はいつになく温かくなっていた。

それは利兵衛の差配がよかったからでもあり、刃傷沙汰もなく無事に収まったからでもある。

「旦那、どこにつけます？」

新大橋が近づいたところで、棹を持つ与茂七が聞いてきた。

「とりあえず行徳《ぎょうとく》河岸でよいだろう」

利兵衛の家はそこからすぐだ。

「承知しやした」

答えた与茂七は、猪牙舟を行徳河岸に向けた。

舟を河岸場につけると、利兵衛につづいて金三郎と勘次郎が降りた。

「勘次郎、品川の店に帰るのではないか？　それとも宿を取ってあるのか？」

伝次郎が問うと、

「いえ、まっすぐ品川に戻ります」

そう答えた勘次郎は、

「利兵衛さん、丸橋様、お世話になりました。こんなことになるとは思いもしませんでしたが、やはりこれでよかったのだと思います。あらためて礼を申します」

と、利兵衛と金三郎に頭を下げた。

「勘次郎殿、手荒なことをしてすまなかった」

金三郎が謝れば、

「いいえ、お気持ちはよくわかりましたので、気にしないでください」

と、勘次郎が言葉を返した。

「それでは若旦那、また遊びに行きます」

利兵衛が勘次郎を見た。

「いつでも来てください。でも、もうあまり無理はいけませんよ」

「わかっています」

利兵衛はそう言って、伝次郎たちに頭を下げ、お世話になりましたと、崩橋をわたっていった。金三郎は小網町の通りへ歩き去った。

それを見送った勘次郎が振り返ると、

「勘次郎、品川までいっしょに行こう」

と、伝次郎は言った。

「それは困ります。そこまでご面倒をかけるわけにはまいりません」

勘次郎は断った。

「いいんだ。遠慮はいらぬ。さあ、乗ってくれ。すぐ先で舟を降りることになるが、付き合ってやる。それに、おまえさんにはもう少し話を聞かなければならぬ」

勘次郎は戸惑い顔をしたが、再び舟に戻った。

五

もうすっかり夜の帳《とばり》は下りていた。昼間雪を降らせた空には、星の煌《きら》めきが見え、冴《さ》え冴《ざ》えとした月が浮かんでいた。

伝次郎は勘次郎といっしょに東海道を品川に向かっていた。与茂七と粂吉も後ろに従っている。

それぞれに提灯を持っているが、夜商いをする店のあかりが足許を照らしていた。

「では、手代の米吉にすべてを打ち明けていたのだな」

伝次郎は大まかな話を聞いて勘次郎の横顔を見た。

「もう覚悟をしておりましたので……。ですが利兵衛さんが、わたしのことを思って土壇場《どたんば》でわたしを閉じ込めるとは思いもいたしませんでした」

「それは利兵衛と丸橋の思いやりだ。そうではないか」

「おっしゃるとおりです」

「それにつけても米吉は心配しているであろう」

「…………」

「考えてみれば、おぬしの父親は気の毒なことになったが、これで少しは新川の下り酒問屋仲間が安泰になれば、徳兵衛の思いは叶《かな》ったことになるということだ」

「あの世でおとっつぁんも、少しは安心していると思います」

伝次郎は死んだお辰のことも口にしようと思ったが、喉元で呑み込んだ。いたずらに思い出させないほうがよいはずだ。

品川まで勘次郎を送って見届けるのは、少なからず自分の役目だと、伝次郎は考えていた。途中で妙な考えを起こす男ではないとわかっているが、自ら手を出す必要のなかった探索の、最後の務めである。

大木戸を過ぎると冷たい潮風が吹き寄せてきた。それでも四人の足は緩まなかった。

そして北品川宿に入ると、旅籠や料理屋のあかりが往還《おうかん》にこぼれ、賑やかな声も聞こえるようになった。品川には娼婦を置く岡場所《おかばしょ》もあれば、枕芸者もいる。嬌声《きょうせい》は大方そんな女たちのものだ。

勘次郎が足を止めたのは一心寺の門前だった。その隣が勘次郎の店である。

「旦那様……」

店の前から声をかけてきたのは手代の米吉だった。その横には勘次郎の母・おようの姿があった。

「米吉さん……おっかさん……」

勘次郎がつぶやいたとき、米吉が駆け寄ってきた。

「よかった。帰って来てくださって、よかった」

米吉は勘次郎の手を取って、「よかった。よかった」と泣きそうな顔でつぶやいた。

「勘次郎、あんた……」

おようが近づいてきてにらむように勘次郎を見た。

「馬鹿なことをして……それで、どうしたんだい」

「旦那様、申しわけありません。わたしは隠しておくことができなくて、おかみさんにすべてを話してしまいました」

　米吉は頭《こうべ》を垂れて謝る。

「そうだったのか。おっかさん、心配はいらないよ。うまく収めてきた。利兵衛さんが何もかも手配りしてくれたおかげだ」

「まさか敵を討ったと言うんじゃないだろうね」

　おようは心配げである。勘次郎は首を振って答えた。

「矢野屋に詫びを入れさせた。それから、償い金をもらうことになった」

「償い金……」

「矢野屋に証文を書かせたんだ。御番所の旦那の前で……沢村様だよ」

　勘次郎が伝次郎を振り返ると、おようは驚き顔をした。

「あ、お侍様は……え、御番所の旦那だったんでございますか」

　おようは目をぱちくりさせた。

「与力様だよ」

「ひゃー。そうとは知らずに、ご無礼いたしました」

　おようは二度三度と頭を下げた。

「おかみ、もう心配はいらぬ。あとは勘次郎からゆっくり話を聞くことだ」

「おっかさん、米吉さん。ずっと待っていてくれたのかい？」

「日が暮れ前から待っていたんだよ。あんたはきっと帰ってくると思ってね。でも、ほんとうは、あの人と同じように罪人になっちまうんじゃないかと気が気でなかったけど……」

「心配かけてすまなかったね。こんなに寒いのに、ずっと表に立っていたのかい」

「米吉から話を聞いたら商売にならないじゃないか。あんたはたったひとりのわたしの倅なんだよ。親に心配をかける馬鹿息子だ」

　おようはそう貶《けな》したとたん、大粒の涙をこぼした。

「それにしてもよかった。旦那様が帰ってこられて。ほんとうによかった」

　米吉もおように釣られたのか涙声で言った。

　その肩をやさしくたたいた勘次郎が、伝次郎たちを振り返った。

「沢村様、お寒いなかお付き合いくださりありがとう存じます。何もおもてなしはできませんが、熱い茶でも飲んでいってくださいませ」

「気遣い無用だ。おぬしがここに戻ってきたのを見届けただけで十分だ」

「でも、お咎めは……」

「何をいまさら。咎めるならとっくにおぬしに縄をかけている。では、さらばだ」

伝次郎はさっと背を向けた。

その背に勘次郎が深々と頭を下げれば、おようと米吉も倣《なら》った。

「与茂七、どうした？」

伝次郎はおとなしく後ろを歩いてくる与茂七を振り返った。

「いえ、何でもありません」

そう言う与茂七は両目を腕でしごいた。

泣き虫だなと、伝次郎は胸のうちでつぶやく。

「でも、此度《こたび》の探索は無駄でしたね。おれたちは見張っていただけでしたから」

しばらくして泣き虫与茂七が口を開いた。すぐに粂吉が言葉を返した。

「無駄じゃなかったさ。おれたちが見張っていなかったら、ほんとうに弥兵衛は殺されたかもしれぬ。血を見なくてすんだのは、やっぱり旦那のお指図があったればこそだ」

「そう言われれば、たしかに……」

「おい、まだ夜は長い。急いで千草の店に行って酒でも飲もう」

伝次郎がそう言って足を速めると、

「そうこなくっちゃ」

すぐに与茂七が現金に応じた。

(それにしても……)

伝次郎は歩きながら思った。

筒井奉行の杞憂《きゆう》であったと。

しかし、その杞憂が取り返しのつかない敵討ちを止めたのだ。

(こういう探索もあるのか……)

あらためて思う伝次郎であった。


それから五日後のことだった。

矢野屋弥兵衛は品川の松村屋勘次郎に、償い金一千両を支払い、下り酒問屋仲間の肝煎りを下りた翌日に急死した。

死因は卒中であった。

光文社文庫

文庫書下ろし／長編時代小説

仇《あだ》討《う》ち　隠密船頭《おんみつせんどう》（十二）

著　者　稲《いな》葉《ば》稔《みのる》

2024年2月20日　初版1刷発行

発行者　三宅貴久
印　刷　新藤慶昌堂
製　本　ナショナル製本

発行所　株式会社　光文社
〒112-8011　東京都文京区音羽1-16-6
電話（03）5395-8147　編集部
8116　書籍販売部
8125　業務部

ISBN978-4-334-10217-3　Printed in Japan

組版　萩原印刷